FORTUNA

Alexander Kielland

Fortuna
Copyright © JiaHu Books 2016
First Published in Great Britain in 2016 by Jiahu Books – part of
Richardson-Prachai Solutions Ltd, 434 Whaddon Way, Bletchley, MK3
7LB
ISBN: 978-1-78435-190-8
Visit us at: jiahubooks.co.uk

I

Abraham Løvdahl var bleven Student.

Nitten Aar, vakker, sund og munter; velklædt og vel forsynet med Penge — sprang Livet op for ham som Døren til en Balsal, og han stormede ind med store Øine.

Der laa dengang endnu over Studenterlivet det sidste, svindende Skjær fra en skjøn og ubekymret Tid; der kunde endnu tales om „Idealerne" uden at alle lo; og naar Formanden med sin klare Stemme — det smukke, blonde Hoved kastet tilbage — lod det suse gjennem Salen med fagre Ord, da følte de unge ligesom mægtige Vingeslag henover sig, det svulmede i Brystet og lettede i hele Kroppen, somom en kunde flyve med.

Abraham Løvdahl havde ogsaa kjendt Vingerne voxe; den pludselige Overgang fra det graa Skoleliv i Tvang og Ensformighed til denne gyldne Frihed blandt lutter fremmede — det beruste ham som Vin.

Al den Glans, hvori Studenterlivet fra det fjerne havde lyst for ham under mødige Skoletimer, den var nu dalet ned over hans eget Liv; og han sansede ikke den Jord, han traadte paa, men svævede med en Ven i hver Arm høit oppe i Lys af fagre Ord og begeistrede Rørelser.

Indtil han blev plukket.

Thi der sad baade oppe i Samfundet og i Restaurationerne — altid paa bestemte faste Pladse en Flok begavede Mennesker, der levede af at plukke Ungdommen — ikke for Penge, men for de skinnende Fjær, som voxte paa de bedste blandt dem.

Det var overlegne Aander, der kjendte alt og havde gjennemgaaet det meste; der var ikke den Ting i Himmelen eller paa Jorden, som de ikke havde omsat i en Vittighed; og da Abraham et Aars Tid havde nydt den Ære at have sin faste, bestemte Plads blandt dem, var ogsaa han istand til at le af alt, selvsikker, interesseløs, blaseret, plukket.

Han gik da over i Selskabslivet, gjorde megen Lykke og blev snart forlovet med en Datter af Assessor Meinhardt.

Det kom ganske naturligt, fordi Fru Meinhardt vilde det; og Abraham var over al Maade lykkelig.

Hans Kjæreste var vist ogsaa lykkelig; men Clara var svag; det var mod Slutten af Vinteren, at de bleve forlovede; og hun var saa uddanset, at hun næsten ikke hang sammen.

Clara Meinhardt var Skjønheden i Huset; de tre andre Søstre vare ogsaa vakre; men Clara — det var Skjønheden, det sagde Mamma ogsaa.

Abraham Løvdahl var det bedste forhaandenværende Parti, skjønt han jo var svært ung; men Fru Meinhardt syntes, det var sødt, naar Herrerne giftede sig unge, senere blev de ved Gud saa sjaskede.

Medicin var derfor ikke noget Fag for ham; det tog altformegen Tid.

Men Abraham var begyndt; og det havde altid været hans Tanke at vælge den Videnskab, i hvilken hans Fader havde erhvervet sig saa stort et Navn, — ja Abraham drømte endog om at fortsætte Faderens Værk og hellige sig Øiensygdommene som Specialitet.

Professor Løvdahl havde ogsaa altid ment, det var selvsagt, at hans Søn vilde blive Læge.

Men hvad hjalp det altsammen, naar Fru Meinhardt ikke vilde det.

Abraham kjæmpede først halvt i Spøg siden for fuldt Alvor med hele det Meinhardtske Hus; men han tabte og overgav sig, da Clara en Dag opløst i Graad sagde, at nu forstod hun: han vilde hidføre et Brud ved sin Halsstarrighed.

Det kunde han ikke taale, og saa blev det til Jus. Professoren var villigere til at samtykke i denne Forandring end man kunde vente. Men det var ham igrunden ikke imod, at Sønnen fik en juridisk Uddannelse nu, da han selv gjennem den nye Fabrik mere følte sig trukken fra Videnskaben over i det praktiske Liv.

Men for Abraham selv blev Forandringen af Studium en Indledning og en Opøvelse i at bøie sin Vilje og være lykkelig alligevel. Thi Clara belønnede ham, og Fru Meinhardt tilgav ham.

Det vigtigste var jo at leve lykkeligt blandt tilfredse Omgivelser; han opgav en kjær Livsplan, — det var et Offer; men det vilde han faa Løn for; det var ikke noget Princip, han opgav; isaafald skulde han aldrig givet efter — aldrig!

Hjemme i det store Hus hos Faderen var Livet gledet saa fredeligt og stille, netop saaledes som Abraham kunde lige det; stærke Sindsbevægelser kunde han blot mindes fra Moderens Tid.

Han kunde godt huske hende Træk for Træk og især de underlige dybe Øine; men sammen med disse Erindringer blandede sig Mindet om de mange pinlige Øieblikke, naar han syndefuld havde staaet foran disse uundgaaelige Øine, der altid forlangte det samme af ham: vær sand og oprigtig.

Der var meget i ham, som svarede paa dette; men Livet havde ikke givet ham nogen Anledning til fuldt ud at slaa et Slag for sin sande Overbevisning; og mange fortrædelige Smaating havde gjort, at det næsten var ham pinligt at tænke paa denne Moder, som han dog havde elsket saa høit og mistet saa tidligt.

Hans Ungdomsblod optog mange nye Tanker og Ideer, som slet ikke vare præsentable i den Meinhardtske Salon — knapt nok hos Professor Løvdahl; hans religiøse og politiske Anskuelser forandrede sig hurtigt; thi der laa i ham en stærk Trang til Kritik og Opposition. Men han var saa fatalt stillet: hvor skulde han hen med alt det, som gjærede i ham? — blandt de Mennesker, han satte Pris paa at elskes af, vilde det bare vække unyttig Ufred og Misforstaaelser; hvorfor forspilde, hvad der var ham kjært, til ingen Verdens Nytte?

Saa blev han en af de mest yderliggaaende blandt Kammeraterne, og hans vilde Paradoxer glimtede gjennem Tobaksrøgen, naar Vennerne sad sammen og drak hinanden op til Veltalenhed og store Fremtidssyner.

Abraham Løvdahl fuldførte sin juridiske Examen paa kort Tid — trukket fremover af Længsel efter at besidde den Elskede, og stukket bagfra af Fru Meinhardts lysegraa Øine.

Efter et kort Ophold hjemme — han var saa utaalmodig, at han ikke fik Tid til nogen Udenlandsreise — holdt han Bryllup i Kristiania med Frøken Clara Meinhardt.

De Nygifte kom heller ikke til at gjøre nogen Udenlandsreise; thi Fru Meinhardt fandt, at det var hyggeligere at anvende alle de Penge til et Sommerophold paa Landet for hele Familien; de Unge skulde faa bo særskilt paa en Bondegaard tæt ved, saa var de ved Gud ligesaa ugenert som i Schweitz.

Men Abraham gik og var utaalmodig efter at komme hjem til sig selv; baade for at blive af med alle Meinhardterne og for at vise sin lille Kone, hvor smukt alting stod beredt i deres egne Stuer.

De skulde bo ovenpaa i Professor Løvdahls store vidtløftige Hus; de høie gammeldagse Værelser i statelig Suite var den Sommeraften, det unge Par kom hjem, fulde af Blomster, men halvmørke i det sidste røde Lys fra Aftensolen.

Anden Etage af det store Hus løftede sig saa høit; at man havde Udsigt over de lavere Huse ved Stranden; og Fjorden laa speilblank og bar de smaa Øer og glatte Holmer, medens Landet gled udover lavere og lavere i en synkende Linie ned mod Horizonten, som var selve det aabne Hav.

Abraham elskede sin Kyst, og hans Hjerte svulmede, idet han førte sin Kone hen til det aabne Vindu i deres Spisesal:

„Er her ikke deiligt — Clara?"

„Hvor? — hvor mener du?"

„Udsigten — Havet — Belysningen —"

„Men Kjære! — her findes jo ikke et eneste Træ."

„Aa — du taabelige Østlænding," svarede han muntert og svingede hende rundt mod Stuerne, „er da ikke her smukt — hvad?"

„Her er jo næsten mørkt —"

„Jeg skal tænde Lys."

„Aa nei! — det behøver du ikke, — det har ingen Hast."

Men han fik i en Fart tændt en Kandelaber hist og en Lampe her, saa der blev etslags ujævnt Lys gjennem Værelserne; og nu trak han hende med sig, forat hun skulde se det bedste af alt: hendes eget lille Boudoir.

„Her kan vist være sødt om Dagen," sagde hun og følte paa Portieren, „kommer her Sol?"

„Den hele udslagne Dag," — svarede Abraham glad.

„Uf — saa maa jo alting overtrækkes; vi kan ikke lade vore bedste Møbler ødelægges af Solen."

„Aa — den Tid, den Sorg; lidt Solskin maa de vel taale," mente Abraham; „men se her skal du se det prægtigste af alt — min salig Moders Sybord. Det er hjemført for mange Aar siden fra Japan af en af Skipperne hos Bedstefar Knorr."

„Det kan man da ogsaa se paa det."

„Hvad mener du —? Clara!"

„Men Kjære! — se alt dette Guld, og disse ækle Figurer; det er aldeles ikke smagfuldt."

„Nei hør! — nu tar du ved Gud feil —— Clara! se paa Jægeren der paa Pladen med Falken paa Haanden og de indlagte Guldfigurer — det er et Pragtstykke — maa du vide! som efter Kjenderes Dom vilde være en Pryd for et Museum."

„Ja, men jeg ønsker mig jo ikke noget Museum —"

„Men du maa dog forstaa alligevel —"

„Ja jeg kan saa udmærket godt forstaa at du er henrykt over dette gamle Møbel, fordi det stammer fra din Mor, som du jo holdt saa meget af; men saa skal ogsaa du indrømme, at saadant noget bruger man dog virkelig ikke nutildags."

Han svarede ikke og lukkede Bordet igjen.

„Nei — ved du, hvad det smukkeste er, jeg har seet her i Huset?" — spurgte Clara, mens hun ordnede sit Haar foran Speilet.

„Formodentlig dig selv?"

„Aa — skal du nu være uartig?" — der lagde sig strax en stram Rynke ved Munden.

„Nei — nei —" raabte han leende; „det faldt mig bare i Munden ved at se dig i Speilet, for du er virkelig det smukkeste og sødeste i Huset" — og

8

efter mange saadanne Ord med Kys lod hun sig forsone og vedblev:
„Det smukkeste, jeg hidtil har seet, er virkelig din Far."

„Ja ikke sandt! —" raabte Abraham glad, „er det ikke en herlig Mand."
„Der er virkelig noget distingveret ved ham"; det er en Mand, man selv
inde i Byen vilde blive opmærksom paa."

„Ja det tror jeg s'gu nok," smaalo Abraham overlegent.

Nu troede hun strax, at han tænkte paa hendes lille vindtørre Fader og
tilføiede:

„Du ligner vist mest din Moder — Abraham?"

„Mon det skulde være en liden Spids?"

„En Spids? — min Gud, hvorledes kan du falde paa det? — din Mor,
som du jo holdt saa meget af!"

„Javist — det faldt bare saa underligt, efterat du netop havde rost Far saa
stærkt."

„Hør Abraham! du er virkelig temmeligt irriterende med din
Mistænksomhed —"

„— mistænksom jeg! — men Kjære! hvor kan du paastaa —"

„Jo du er; du er uhyre mistænksom; bestandig tror du, de mest uskyldige
Ord —"

„Aa Snak! lad os nu ikke gjøre vor Indtrædelse i Huset med Tøv og
Misforstaaelser; komm Clärehe! zu Bett!" — og han tog hende muntert
om Livet og bar hende halvt til Soveværelset; men hun strittede imod og
vilde ikke slaa ind paa Spøgen.

Men da hun kom ind i det svagt oplyste Paaklædningsværelse og siden i
Sovekammeret, blev hun blød om Hjertet.

Der var saa mange Ting, som Frøkenerne Meinhardts tarvelige
Sovekammer aldrig havde kjendt; og der var en Luxus og en Smag i
Udstyret af det hele, som fuldstændigt imponerede hende.

Hun kyssede sin Mand og sagde: „Saadant et Soveværelse har jeg altid
ønsket mig."

Aldeles henrykt gik han for at slukke Lys og Lamper og se til, at Huset
var iorden og Vinduerne lukkede; og tilslut kom han ind i sin Kones lille
Værelse og stansede foran det japanesiske Sybord.

Fra sin tidligste Barndom havde han været vant til at se Fremmede samle
sig om dette Pragtstykke, saa han var kommen til at anse det for at være
noget af det mærkeligste og skjønneste i Verden. Hver Fjær kjendte han
paa den brogede Falk og de skjæve Øine i Jægerens gule Ansigt.

Og mens han stod der, mumlede han: „det gamle Møbel — sagde hun,
det mener hun ikke, — hun mente ikke noget ondt med det."

II

Bankchef Christensen nærmede sig Slutningen af sin Tale; han
vexlede et Blik med Professor Løvdahl, idet han fra sin Formandsplads
bøiede sig fremover mod sine Kollegaer i Direktionen og dæmpede sin
Stemme til en fortrolig, familiær Tone:

„Men skjønt der nu i alt dette ingenlunde ligger nogen direkte Fare for
Fabrikens Fremtid, saa bør vi dog nøie give Agt paa alle de
Omstændigheder, der kunde virke skadeligt eller gavnligt og idetheletaget
efter Evne søge at fremme vore Medaktionærers Tarv. Og da nu Priserne
paa flere af vore vigtigste Produkter unægtelig vise en Tendens til at falde,
saa bør vi efter min Formening have al vor Opmærksomhed henvendt
paa at forminske Driftsomkostningerne. Dette kan ske paa to Maader:
enten derved, at vi midlertidig nedlægger enkelte Grene af Forretningen
og afskediger endel Folk, eller derved, at alle Administrationsudgifter og
Lønninger reduceres saa vidt som muligt.“

„Jeg for mit Vedkommende skulde være meget utilbøielig til at gaa med
paa nogen Indskrænkning af Driften,“ svarede Professor Løvdahl;
„ligesaameget for vore brave Arbeideres Skyld som ogsaa af den Grund, at
jeg ingenlunde deler Hr. Formandens Betænkeligheder. Jeg skal være
villig til at indrømme, at selve Anlægget var noget kostbart, at flere
Udgifter, som fra først af vare nødvendige, fremdeles ere bestaaende —
og flere saadanne Ting. Men jeg tvivler intet Øieblik om, at Fortuna ledet
med Kyndighed og fornuftig Sparsomhed, vil vise sig at være — om end
ikke en Guldgrube, saa dog en god Forretning for Aktionærerne, ligesom
den allerede er en Velsignelse for Byen.“

Nu var det Aftalen, at Konsul With paa dette Punkt skulde foreslaa en
betydelig Nedsættelse af Bestyrerens — Mordtmanns — aarlige Gage;
men før han kom tilorde, reiste den unge Bestyrer sig; han var
udtrykkeligt tilkaldt til dette Direktionsmøde.

„Mine Herrer,“ sagde Michal Mordtmann let og utvungent, „det glæder
mig paa en vis Maade, at Forhandlingerne idag har taget denne Vending;
thi det gjør det lettere for mig at faa noget sagt, som jeg har paa Hjertet.
Jeg har selv med Bekymring iagttaget Prisernes Fald i Udlandet; og uden
forøvrigt at lade mig altfor meget allarmere, har jeg dog indseet, at nu og
for den nærmeste Fremtid er enhver mulig Besparelse af allerstørste
Vigtighed. Jeg har da seet mig om, kiget i alle Kroge, om der ikke etsteds
skulde være noget overflødigt, noget, man kunde udvære, en Post, man
kunde spare. Og tilslut har jeg virkelig fundet noget overflødigt, noget,
jeg tror, Fabriken nu godt kan undvære, og det er — mine Herrer! — ja,

det er mig selv."

D'Hrr. Direktører gjorde store Øine; men han vedblev elskværdig og smilende:

„Saa nødvendig som jeg nok tør sige, at jeg var ved Fabrikens Anlæg, ligesaa overflødig er jeg nu bleven, efterat det hele er kommet igang, Arbeidsstokken oplært, Kontorpersonalet indøvet og fremforalt med en Direktion af Byens sagkyndige og mest fremragende Forretningsmænd. Jeg har derfor længe tænkt paa at foreslaa min Post inddragen; saa kunde endel af de løbende Forretninger overlades til Fuldmægtig Marcussen, og forresten skulde da Fabriken styres umiddelbart af den ærede Direktion. Men jeg har kviet mig en Smule for at komme frem med dette; først, fordi der jo kanske skulde nogen Selvovervindelse til, for at indse sin egen Overfiødighed; og dernæst kan jeg ikke nægte — det er jo forresten selvfølgeligt —, at jeg kun ugjerne skilles fra denne Fabrik, som er blevet mig kjær, og fra et saa behageligt Samarbeide som det med mine Herrer!"

Der blev en Pause efter disse Ord; Konsul With triumferede over denne Sagens heldige Vending og smilte over til Professor Løvdahl; men Bankchef Christensen gned sin store Næse og skjulte sine Øine mellem Fingrene, medens han mistænksomt skjelede hen til Mordtmann.

Det var egentlig Professor Løvdahl, som havde stiftet en Sammensværgelse inden Direktionen, for — om muligt at faa Mordtmann fjernet, og nu gik denne frivilligt ved den første Antydning. Her maatte stikke noget under.

„Jeg kan som Formand ikke være enig — ialfald ikke uden nøiere Motivering — være enig i, at Hr. Mordtmann som Bestyrer pludselig skulde være bleven ganske overflødig. Der maatte ialfald hengaa en Tid —"

„Undskyld — Hr. Formand! — men jeg vilde af personlige Grunde netop bede den ærede Direktion tillade mig at fratræde til Jul."

„Allerede til Jul!" — Formanden blev endmere betænkelig.

„Vi vil naturligvis nødig give slip paa en saa dygtig Bestyrer; men naar Hr. Mordtmann selv ønsker det, saa —"

Professoren fortsatte Konsul Withs Tale: „saa har vi jo al Opfordring til at vise ham den største Imødekommenhed; hvormeget vi end beklage —"

„Men har mine Herrer Meddirektører tænkt paa det forøgede Ansvar og Arbeide for os, om Bestyreren nu pludselig træder af?" — spurgte Christensen, „jeg for mit Vedkommende tør i saa Fald ikke forblive paa Formandspladsen; det blir for meget for mig, jeg er ikke stærk" —, og halvt skjult bag sin store hvide Haand, som han førte omkring i Ansigtet, iagttog han opmærksomt de andre — vis paa, at alle som sædvanligt vilde forsikre, at han var uundværlig.

Men Professor Løvdahl kom de andre i Forkjøbet, idet han sagde ganske tørt:

„Naar det gjælder vor Fabriks Trivsel, antager jeg, at enhver af os med Glæde vil anstrænge sig til det yderste."

Bankchef Christensen vaklede. Han var hidtil ubestridt den første i den lille Ring af Mænd, der var Direktører, Bestyrere, Repræsentanter for alt muligt uden Undtagelse i Byen. Hans Livs Lyst var at holde Møder, dirigere Forsamlinger, redigere Beslutninger og høre sin egen fede Stemme rulle nedad velformede, ædle og ophøiede Sætninger.

Men dertil besad han en usigelig fin Takt i Handelsaffærer; hans store bløde Næse kunde ligesom lugte den daarlige Geschäft paa lang Afstand; og efterat han endnu engang havde luret sig til et Blik paa Mordtmann, tog han sin Beslutning og sagde: —

„Jeg nærer ingen overdrevne Forestillinger om min egen Betydning som Formand; men da Posten nu vil blive mig for vanskelig, vil jeg bede mine Herrer vælge en anden ved anstundende Generalforsamling."

En utilfreds afværgende Mumlen gik rundt Bordet, men Christensen vedblev:

„Jo — jo! —— lad det være saa — mine Herrer! min Helbred er — som De ved — ikke den stærkeste; og Byens voxende Udvikling lægger jo paa mange Maader Beslag paa dens — dens mere fremskudte Borgere. Dertil maa jeg rent ud tilstaa, at jeg ikke er saa sagkyndig —"

„Aa — Hr. Bankchef —" raabte flere smilende.

„Nei — nei; det er Alvor; der er — rent ud sagt — igrunden kun en iblandt os, som forstaar al denne Chemi, og det er Hr. Professor Løvdahl. Skulde han være villig til at overtage Posten som Formand, saa tvivler jeg ikke paa, at Generalforsamlingen vil modtage et saadant Arrangement med Acclamation."

„Mine Herrer ved vist alle, at mine Interesser mene gaa i videnskabelig end i merkantil Retning," begyndte Professoren, „og fra først af tiltraadte jeg Direktionen væsentlig kun, for at bringe et Foretagende igang, af hvilket man kunde vente sig Lykke og Velsignelse for vor By. Men senere er det gaaet mig saa, at jeg har faaet denne Fabrik mere og mere kjær; og skulde den nu trues af trange Tider, vilde jeg visselig lægge min gamle Ryg til; men — mine Herrer! den er gammel; jeg kan ikke som Hr. Mordtmann fare fra Fabriken ind til Byen i tre Skridt —"

„Naturligvis! man maatte give Formanden en Assistent —"

„Undskyld, det er ikke min Mening at være indiscret," sagde Michal Mordtmann; „men som vi ved har Hr. Professoren en Søn, som nylig med Hæder har tilendebragt sin juridiske Examen. Skulde ikke en saadan Post være ret god og behagelig at tage for en ung Kandidat — til at begynde med? — den juridiske Uddannelse — det kan jeg forsikre — vilde i mange Tilfælde være af stort Værd i vor Forretning."

Professor Løvdahl blev forvirret; for anden Gang idag gjennemskuede denne Mordtmann hans hemmeligste Tanker; ganske saaledes havde han ønsket sig Sagens Udfald; men han havde været forberedt paa mange smaa Intriger, for at naa Maalet. Og nu førtes det altsammen til ham i et Øieblik og af selve den Mand, han havde villet styrte.

Thi nu blev det hurtigt og næsten uden Debat vedtaget at forelægge Generalforsamlingen Forslag til disse Forandringer: Bestyrerposten i sin tidligere Skikkelse ophæves, hvorimod selve Direktionen med Professor Løvdahl som Formand overtager den umiddelbare Ledelse af Fabriken. Det tillades Formanden at tage efter eget Valg en Assistent, hvis Løn bliver at bestemme af Generalforsamlingen.

Da de kom ud paa Gaden, tog Konsul With Professorens Arm og lykønskede ham leende til det heldige Udfald.

„Men kan De begribe — Løvdahl! hvad der gik af Mordtmann? — og vi, som havde tænkt, han skulde klamre sig fast til denne Post med Hænder og Fødder! — han maa have mærket, at Stemningen var for meget imod ham."

„Formodentlig har han det," svarede Professoren adspredt; men da han havde sagt Farvel til Konsulen, stansede han paa det lille Torv foran sit Hus og saa udover Havnen, hvor de rygende Skorstene ude paa „Fortuna" tegnede sig mod Himmelen.

Folk, som gik forbi, hilste ærbødigt paa den statelige Skikkelse som han stod der lænet til sin Stok — en Gave fra Kollegaer ved Universitetet — udskaaret Elfenbenshaandtag og et kostbart mørkebrunt Rør.

Han hilste igjen uden at se; thi han tænkte paa dette med Mordtmann. Carsten Løvdahl havde altid hadet dette Menneske, og derved var han kommen til at give nøie Agt paa Fortuna og dens Bestyrelse; bestandig var han efter Mordtmann, — aldrig paa nogen Maade, som kunde forraade personlig Bitterhed, men kun som samvittighedsfuld Direktør.

Endelig havde han drevet det saa vidt, at et Parti inden Direktionen var ugunstigt stemt mod Bestyreren; en fandt ham for kostbar, en anden ligte ham ikke, og den godmodige Konsul With fulgte sin Ven Professoren.

Og nu med et Slag — frivilligt — smilende opgav Mordtmann det hele og gik sin Vei.

Det var ikke saaledes Professoren havde ønsket at staa ved Maalet; den anden skulde været fortrængt, kastet, ydmyget!

Men nu var han da borte, og det var Hovedsagen. Det forøgede Arbeide og Ansvar ængstede ikke stort Carsten Løvdahl. Han havde virkelig i disse Aar faaet Lyst paa at styre denne store forskjelligartede Virksomhed, som gik saa godt og beskjæftigede saa mange; og han brændte efter at vise, hvor helt anderledes og langt bedre det skulde gaa uden den Charlatan — Mordtmann.

Og mest glædede han sig ved Tanken om at faa Abraham til Assistent. De unge Folk skulde bo ovenpaa; der skulde blive Liv og Munterhed i Huset; og de mange bitre Minder skulde krybe i Krogene og forsvinde.

—

Men Bankchef Christensen var bleven siddende i sit private Kontor, hvor Mødet havde været — bestandig uvis og mistroisk.

Hvad vilde hans Kone sige, naar hun fik vide, at han havde opgivet en Formandsplads og det for Professor Løvdahl, som egentlig ikke hørte til Ringen. Thi hun vilde, at han skulde være den første — ubetinget den første i Byen: og det havde han været hidtil.

Det vilde blive et Helvedes Rabalder; og alligevel — alligevel angrede han ikke. Han holdt fast i sin usvigelige Næse; der maatte være noget i Luften. Mordtmann var ikke den Mand, som opgav slig en Stilling uden Grund! han var en klog Fyr, og hans Far Isak Mordtmann & Co. i Bergen var endda klogere; de var ikke af de Rotter, som forlade Skibet, før der er Fare paafærde.

Altsaa tog han Mod til sig, og besluttede at lide, hvad der maatte lides; thi ikke engang om det kunde frelse ham, vilde han overfor sin Kone ytre den ringeste Tvivl om Fortuna; dertil havde han altfor mange gode Aktier og hun altfor mange gode Veninder. —

Michal Mordtmann skrev samme Dag til sin Far:

„Det gik glattere end nogen af os havde tænkt. Jeg greb en tilfældig Misstemning i et Direktionsmøde, — du kan vel vide, hvor den kom fra — og før nogen vidste Ord af det, var jeg fri det hele. Og det er jeg meget glad over, skjønt jeg jo ialfald foreløbig er uden Post; men jeg tænker nok, du finder noget for mig. Hvad selve Fabriken angaar, saa er jeg fuldstændig enig i dine Udtalelser i Brev af 18de sidstleden." —

— Saaledes gik det til, at Professor Løvdahl traadte i nærmere Forbindelse med Byens Handelsverden, hvilket han hidtil havde søgt at undgaa.

Men Fortuna optog mer og mere hans Interesse, eftersom Arbeidet og den storartede Drift blev ham klarere. Han læste udenlandske Værker og Tidsskrifter, forandrede og forbedrede, og gik med store Planer til nye Driftsmaader og kostbare Maskiner.

Hans Praxis som Læge var ikke stor, og den indskrænkede sig efterhaanden til nogle gode gamle Huse, hvor han blev gaaende mere som Husven.

Derimod omdannedes lidt efter lidt hans Venteværelse og Studereværelse til Kontorer; der kom en Kasserer og et ungt Menneske til at løbe ud i Byen eller til Fabriken; og Agenter og Mæglere begyndte at komme indom som paa et almindeligt Kjøbmandskontor.

En Dag fik en paatrængende Kornagent halvt under Spøg solgt en Ladning Rug til Carsten Løvdahl. Skibet laa og ladede i Danzig.

Professoren gik i Spænding, i en aldeles ny Spænding; han ærgrede sig igrunden; men Rugen steg.

Han ærgrede sig alligevel; hvad skulde han blandt disse Kræmmere og Spekulanter, som han altid havde foragtet; men Rugen blev ved at stige.

Og da han tilslut havde 3,000 Kroner i ren Gevinst liggende foran sig paa Pulten, da følte Carsten Løvdahl et ganske nyt og eiendommeligt Velbehag.

Som voxen havde han altid været rig ved sin Kones store Formue; men han medbragte dog fra sin Ungdom og i sit Blod Embedsslægternes aabenbare Foragt for Kræmmerne og hemmelig Respekt for Pengene.

Sin Kones Formue havde han brugt klogt og forsigtigt: glad ved det Velvære, Pengene bragte; men uden den umiddelbare Følelse af deres Magt og mange Muligheder.

Men disse Penge paa Bordet foran ham havde noget ganske aparte ved sig; han havde selv frembragt dem i en Haandevending; han havde Magt til at frembringe flere; for første Gang havde han den berusende Fornemmelse, at i hans Haand laa noget af den Kraft, der som en Naturmagt bøier og reiser Menneskene; og mens han strøg over Sedlerne, kriblede det ham i Fingrene, og han syntes formeligt, at det krøllede Papir lugtede godt. —

— Da Abraham kom hjem, fandt han altsaa sin Far forynget og ivrig i en stor Rørelse af forskjellige Foretagender, skjønt Fortuna endnu blev nævnt som det hovedsagelige.

Han fik sin Plads ved en ny Pult og tog fat — lykkelig og fuld af Mod.

III

„Kom ind — kom bare ind — Hr. Kandidat! — saa kan De faa se, hvorledes Smaafolk har det; det kan De have godt af; og desuden er det Mode — hvad siger De? Arbeidsherrerne kjende jo nutildags sine Arbeideres Liv og Vilkaar tilbunds; og betragt Literaturen — hvad siger

De? bare Smaafolk, Fattigfolk, Arbeidsfolk— oh! min høistærede Herre! vi flyder over af Forstaaelse og Medlidenhed! — jo det er en nydelig Verden, vi lever i; — hvad siger De?

Dermed pegte han rundt i den lille sorte Stue, hvor der næsten ikke var nogen Ting.

Kun henne ved Vinduet var der en Opstabling af Rør og hvidskrællede Pisker, og midt i det sad en ung Pige og bandt Kurve.

„Hvem er det, du har med dig — Far?" spurgte hun skarpt.

„Det er Kandidaten, den unge Løvdahl, den nye Bestyrer — siger man; — ja — Herre! hun er blind," tilføiede han tørt; ikke saa sjeldent blandt Fattigfolk, Smaafolk og Arbeidsfolk."

Datteren smilte bittert og vendte de slukte vandblaa Øine mod Lyset, mens hendes smaa hvide Fingre bøiede et Rør.

Abraham Løvdahl følte sig ilde; og da den Gamle gik ud i det lille Kjøkken, for at hente sin Eftermiddagskaffe, sagde han forlegen:

„Har De altid været — har De været saa ulykkelig fra Fødselen af?"

Den unge Pige vendte sig ved den første Lyd af hans Stemme, sænkede Øinene og lyttede opmærksomt til de faa Ord, han sagde.

Men da hun sad saaledes, og han ikke var nødt til at stirre ind i disse pinligt tomme Øine, da slog det ham, hvilken forunderlig Skjønhed hun besad.

Det bitre og misfornøiede, som laa over Munden og dirrede i de let optrukne Næsevinger, kom nu bort, og hendes rene Pande med mørkeblondt bølget Haar laa saa uskyldigt trist over de slukte Øine, over det magre tungsindige Ansigt.

„Sig det engang til," bad hun.

„Hører du ikke — Grete! den fine Herre gjør dig den Ære at spørge, om du er blindfødt. Jo — Hr. Kandidat! — hun er; — daarligt Blod, daarligt, fattigt Blod."

Den Gamle satte sig med Kaffekoppen i den ene Haand og Brødet i den anden — grovt Rugbrød med tyndt saltklumpet Smør.

Abraham Løvdahl havde ellers i den korte Tid han havde været ved Fabriken fundet Arbeiderne let tilgjængelige og behagelige at omgaaes; men denne gamle Maskinmester tiltalte ham slet ikke, og han angrede, at han havde ladet sig lokke ind i hans Hule.

„Ja, svart Kaffe, svart Brød, og Smør, der knaser i Tænderne som Glasstykker — det kan vel ikke være noget at byde Hr. Kandidaten endnu."

Endnu? — Abraham saa paa den anden.

„Ja ja! man kan aldrig vide, hvad man kan blive nødt til at spise, før man dør — hvad siger De?"

Han skoggerlo over sin Vittighed og den unge Pige lo med; men stansede snart og bøiede sig over Arbeidet; medens Abraham, som slet ikke forstod disse Mennesker, sagde Farvel og gik mod Døren.

„Naar De kommer igjen, maa De se paa Gretes Kurve," raabte den Gamle efter ham.

„Han kommer aldrig igjen — Far!" sagde Datteren halvhøit; men Abraham hørte det, og der var noget i Tonen, som rørte ham.

„Jeg vil gjerne komme indom, naar jeg gaar forbi, og se paa Deres Kurve; jeg behøver vist Kurve til mit nye Hus," — han henvendte disse Ord venligt til hende og gik saa uden at ænse den Gamle videre.

— „Du Far! — hvad er det egentlig for Slags Fyr — den gamle Maskinmester Steffensen?"

„Aa — det er en Rabulist, som har prøvet alt muligt i Verden og aldrig har duet til noget."

„Men han passer dog Maskinerne —"

„Ja saa vidt! — Mordtmann protegerede ham, der er lidt af Charlatanen i dem begge; men Steffensen er et uroligt Hoved, som ikke passer i en ordentlig Fabrik som vor."

„Du tænker vel ikke paa at afskedige ham."

„Jo — med det allerførste."

„Men han er fattig —"

„Der er dem, som tror, han er rig."

„Men hans Datter er blind."

„Har han en Datter?"

„Jeg tænkte, du havde seet hendes Øine; det synes at være et interessant Tilfælde."

„Saa" — svarede Professoren tørt og fortsatte sit Arbeide. Men Abraham besluttede at se nøiere paa Gretes Øine, hvis han gik indom igjen. Alle Professorens Bøger vare flyttede ovenpaa, og Abraham tilbragte mange Timer der, helst om Søndagen, naar de andre var i Kirken.

Det var en travl Dag; og de Unge ovenpaa skulde have Fremmede tilaftens for første Gang. Professoren havde ønsket det; og det var hans Tjenestefolk nedenfra, som besørgede Maden og det hele.

Alligevel var den unge Frue saa træt, at hun aldrig troede, hun skulde blive færdig med sit Toilette.

Abraham gik nervøs ud og ind i Stuerne, det led mod Tiden nu; han ventede og lyttede ved Døren; Pigen kom ud, — nei — Fruen var ikke rigtigt færdig. —

Herregud — Clara! kunde du ikke skynde dig lidt; om ikke for andet, saa for Fars Skyld."

„Aa Kjære! — nævn ikke din Far! — en Mand som han vilde aldrig overanstrængt mig saaledes, naar han havde vidst; men det kan jo ikke han vide, og naar ikke du har mere Omhu —"

„Naa — saa lad os da heller sende Afbud."

„Uf Abraham! — hvor du er utaalelig, naar du siger saadant som du ikke mener."

„Ja men hvis du virkelig er saa daarlig —"

— „hvis! — du tror mig kanske ikke!"

„Jovist Clara! men det er da ogsaa Fanden at skulle holde Selskab under saadanne Omstændigheder."

„Kjære band ikke saa skrækkeligt."

— Ikkedestomindre kom hun sin Svigerfader smuk og straalende imøde og modtog rødmende hans gode gammeldagse Artigheder; medens Abraham maatte beundre den Kraft, hvormed den svage Clara formaaede at overvinde sin Træthed, naar det først gjaldt.

Eller rettere, for at sige Sandheden, han stod og ærgrede sig over, at han skulde være nødt til at lade, somom han troede paa denne Træthed, denne blytunge Træthed, som kunde blæses væk. Men det var Griller, Clara medbragte fra Moderen; han skulde nok faa dem pillet ud; ellers var hun henrivende, det kom alle og fortalte ham.

Aftenen gik godt; de gamle Herrer spillede Kort; i Salonen var der Musik, og Selskabet var festligt, siden det var det første i et nyt Hus, hvor der var meget at se og beundre.

Men bedst som alt gik paa det livligste, opdagede Abraham pludseligt nogle stramme Rynker omkring sin Kones Mund, en livagtig Kopi var disse Rynker af nogle, han kjendte fra Fru Meinhardts.

Hun blev med et stille; saa' forbi ham ud i Luften; og naar han direkte henvendte et Ord til hende, hørte hun ikke. Selv i den almindelige Samtale blev der en Stans, der lagde sig en Dæmper over Lystigheden; der stod ligesom en Kulde af den unge Værtinde.

Det var virkelig saa underligt, den ene saa paa den anden; nogle unge Koner forstod det, — ja selv Peder Kruse, som var Pebersvend, mumlede for sig selv: „der har du s'gu faaet noget at trækkes med — min gode Abraham a Santa Clara."

Abraham kjæmpede fortvivlet mod disse Rynker hele Aftenen; han blev febrilsk munter, for at holde Stemningen oppe; men ingen kunde rigtig være med under Værtindens iskolde Smil.

Han søgte hen til hende, for at hviske; hun vendte sig og talte til den nærmeste; han bønfaldt hende med Øinene, at hun skulde tø op, lade fare denne afskyelige Komedie; havde han forbrudt sig — og det anede ham, saa kunde de jo tale om det bagefter, — bare ikke her — bare ikke blotte sig for alle disse Fremmede.

Men han kunde ligesaagodt gjort Grimacer til Kakkelovnen; hun holdt sig hele Tiden stiv, kold og høflig eller uhøflig, som det kunde falde sig. Da Abraham derfor endelig — udmattet af Aftenens Besværligheder — havde fulgt den sidste Gjæst til Døren, løb han hurtigt gjennem Værelserne til sin Kones Boudoir, hvor hun stod og ventede ham, men lod, somom hun ligegyldigt ordnede nogle Blomster.

„Se saa! — hvad er det? — svar hvad er det? — Clara!" raabte han og stillede sig midt foran hende.

„Hvad det er? — hvad mener du? —"

„Aa du forstaar meget godt; saaledes som du har været i hele Aften! pludseligt, før nogen ved Ord af det, sidder du som en Mumie, smiler ikke — svarer ikke."

„Dersom jeg ikke formaaede at skjule min Misstemning mod Slutten af Aftenen, — skjønt Gud ved, jeg anstrængte mig af alle mine Kræfter — saa ved du ialfald Grunden og behøver ikke at spørge."

„Jeg ved ikke Grunden; jeg aner jo, det er med mig, du er misfornøiet; men nei saa'gu om jeg ved, hvad jeg har gjort."

„Og det bander du paa! — du husker kanske ikke, da du sad bagom Pianoet og stak Næsen lige op i Haaret paa den forfløjne Lina With —"

„Vi sad da ikke bag Pianoet."

„Aa — der var saamænd ikke stort at se af Eder; men paa Latteren kunde man nok høre, hvadslags Ting I afhandlede. Og da saa jeg nærmede mig, fordi jeg skammede mig paa dine Vegne, og venligt og forekommende sagde noget om hendes Kjole —"

„Ja — du sagde, du likte ikke den grønne Farve —"

„saa svarede hun yderst impertinent: den er blaa — Frue! og du! — hvad gjorde du?"

„Jeg sagde vist ogsaa, den var blaa, for blaa var den."

„Den var grøn — hører du! — flaske — spinatgrøn var den! — men det er forresten akkurat det samme: du kan ikke tænke dig, hvor det er mig knusende ligegyldigt, enten det Menneske overtrækker sine Knokler med grønt eller blaat; men det karakteristiske, det stygge ved dig — det er, at selv i de mindste og mest ligegyldige Spørgsmaal gaar du strax over paa Modpartiet, aldrig kan du hjælpe mig —"

„Nei — men søde Clara! naar nu Kjolen forekom mig at være blaa —"

„Hvorfor tror du, den forekom dig blaa, undtagen fordi den væmmelige Lina With sagde det; strax naturligvis! — var du enig med hende; men jeg — din egen Kone —"

„Synes du virkelig, at Lina With kan være farlig —"

„Aa — det er akkurat det samme med alle; — alle foretrækker du for mig; jeg er ensom blandt alle disse Fremmede; og du, som burde støtte mig, du lader mig lumpen i Stikken, for — for — for" — hun hulkede saa stærkt, at Stemmen blev borte og hun styrtede ud af Værelset.

Abraham løb efter; men ved Døren til Soveværelset svingede han af og tændte sig en Cigar; han vandrede op og ned i de selskabslumre Værelser; han tænkte paa sit Ægteskab og sin Kone, sit Liv saaledes som det var gledet afsted med ham i Lykke og Solskin uden Stød; en og anden Gang stansede han foran et Speil og betragtede sig selv halvt forundret.

Var det virkelig ham, som havde oplevet dette; var det ham, som ikke havde udrettet mere; dette Liv, der hang saa løst om ham og var saa meningsløst — var det hans?

Vel var den første, friske Ungdommelighed hurtigt plukket af ham; men senere var han dog kommen opi saamegen moderne Læsning, at han snart var kommen underveir med, at det forholdt sig ikke ganske saaledes i og med Verden, som det blev doceret for Studenterne i Kristiania.

Det forholdt sig ikke saa, at alting var paa det nærmeste iorden overalt undtagen i Amerika, at Videnskabens alle Gaader vare løste eller ialfald vilde blive det imorgen eller iovermorgen ved Kristiania Universitet! — istedetfor at Sandheden var grundfæstet, Tilværelsen paa det allernærmeste harmonisk og retfærdig, Ungdommen næsten spart for Anstrængelse, fordi de Gamle havde gjort alting saa umaadeligt godt — istedetfor alt dette, som Hjemmet, Skolen og Universitetet havde fyldt ham med, fik han snart Øinene op for, at han tværtimod var født i en Tidsalder fuld af det mest forskjelligartede Røre og i et Samfund, som netop havde Brug for en modig Ungdom.

Og Abraham Løvdahl havde følt en mægtig Trang til at tage fat hvorsomhelst og overalt, — det var jo splittergalt altsammen. Men altid var det dette ulyksalige, hvor skulde han gribe ind; det maatte ske saaledes, at det virkelig blev til noget — en Opgave; ellers kunde det jo ikke nytte, ellers kunde han jo ikke engang faa sine Nærmeste til at forstaa, hvad han mente med at tage fat.

Han havde prøvet med Clara, mens de vare forlovede. Han havde betroet hende alle sine vilde Ideer; og det morede hende paa en vis Maade at høre disse himmelskrigende Modsætninger til alt det, hun havde lært og var overbevist om. Kun naar det blev altfor galt, lo hun af ham og paastod, det kunde ikke være hans Alvor.

Noget af det, der tiltalte Clara mest, var Kvindens Emancipation; hun lyttede opmærksomt, naar han i vrendeglødende Ord fór løs paa Manden, der i Aartusinders Brutalitet havde forkuet og forurettet Kvinden; og naar han udmalede Fremtiden med et ligeberettiget, raadslaaende Par, da klyngede Clara sig ind til ham: „Vil du altid være saadan imod mig? — Abraham!"

Alle de Løfter og oprigtige Forsikringer! — havde han da brudt dem!

Nei — han syntes ikke det; han var sig bevidst, at han ærligt havde stræbt at gjøre deres Samliv fredeligt og smukt; men Clara var forkjælet, det kunde ikke nægtes; saadanne afskyelige Scener som den iaften burde han ikke taale.

Han vilde hellerikke taale det mere; nu ventede hun ham — det vidste han — beredt til Forsoning, naar han først havde ydmyget sig tilstrækkeligt; men Abraham svor, han vilde ikke ydmyge sig og han blev gaaende i Stuerne; og mens Cigaren gik mod Slutten, kom hans Tanker over paa Maskinmester Steffensen og den blinde Pige. Det var et besynderligt Par; han vilde spørge Sagfører Kruse, som kjendte alle Mennesker, hvor de egentlig skrev sig fra.

Foreløbig besluttede han ogsaa at modsætte sig sin Faders Plan at opsige Steffensen. Det stred imod Abrahams Ideer at lade en duelig Mand vise bort fra Arbeidet, fordi han var en Rabulist — sandsynligvis et godt Hoved, han skulde netop blive.

Hvorledes skulde det ellers gaa det stakkels blinde Barn?

Og hendes Billede stod med et saa klart for ham — rørende, somom det var en Erindring fra Barndommen: den hvide Pande, der laa saa uskyldig trist over de slukte Øine, over det magre tungsindige Ansigt.

Længe og langt borte førtes Abraham i fantastiske Drømme om disse Øine, som kanske kunde faa Liv; om et Blik fuldt af Tak og Hengivenhed, saaledes som han trængte det; og det var langt paa Nat, da han gik tilsengs. Clara sov.

IV

„Gud bevare din Indgang og din Udgang fra nu af og alle dit Livs Dage."

Med disse Ord førte Kapellanen sin Forlovede ind over sin Faders Dørtærskel.

Den tykke Jørgen Kruse blev saa forvirret over denne høitidelige Indtrædelse, at han bare foldede Hænderne og sagde Amen.

Men hans Kone, der var lige saa tynd som han var tyk, kastede sit Strikketøi og løb imod sin nye Svigerdatter.

„Velkommen — velkommen i vort Hus — du Kjære! — og Gud give, du maa finde dig glad og lykkelig blandt os; velkommen du ogsaa — kjære Morten! — jeg kan jo ikke faa kysse dig skikkeligt for bare Skjæg. I overrasker os: Dampskibet skulde ikke være her før sex — sagde Peder; traf I ham ikke? — saa kommer han nok snart. — Men Fredrikke! — at du tillader Morten at gaa med alt det ækle Skjæg; det vilde jeg rigtignok forbyde ham, var jeg i dit Sted."

„Saadant maa Mor ikke sige til Fredrikke; den Tanke er — det ved jeg vist — ganske fremmed for hende, at hun skulde sætte sig op mod sin tilkommende Husbond! har jeg ikke Ret — Fredrikke?"

„Jo — Morten."

„Aa —" sagde Madam Kruse, „det var nu ikke saa høitideligt ment; en Kvinde kan Skam komme langt uden netop at sætte sig op mod sin Mand."

„Skriften lærer os — som Mor ved —"

„Ja min Ven — det ved jeg" — afbrød Moderen ham tørt: „men nu skulde vi ikke begynde med Theologien, men med en Kop Kaffe, alt til sin Tid; sid ned Fredrikke; og endnu engang: hjerteligt velkomne i Huset — kjære Børn!"

Jørgen Kruse tænkte, som altid naar hans Kone talte: hvor Fanden faar hun alle de Ord fra? — endelig kom han ogsaa frem og mumlede lidt, men trak sig strax tilbage i Krogen.

Det var imidlertid ikke saameget den nye Svigerdatter, han generede sig for, som snarere for sin egen Søn. Dengang Morten valgte Theologien til Embedsstudium, glædede Forældrene sig begge. Det passede godt; den ældste — Peder var Jurist; og gamle Jørgen tænkte som saa: naar det nu engang var fastslaaet, at han ikke kunde faa nogen af Sønnerne der, hvor han helst vilde havt dem — nemlig i Kramboden, saa skulde det igrunden være noksaa morsomt at se sin egen Morten paa Stolen med Pibekraven.

Men var dette virkelig hans lille tykke Morten, som kom her saa overlegen og gav ham et alvorligt — næsten beskyttende Haandslag; stor og skjægget var han bleven og han saa strængt paa Folk gjennem sine lyseblaa Briller.

Faderen følte sig helt underligt tilmode; og medens den flinke lille Madam Kruse snart fik Fredrikke paa Snak ved Kaffeen og uforfærdet behandlede Morten som før, gik gamle Jørgen omkring og var forlegen, søgte forgjæves efter den Tone, han skulde anslaa overfor denne høitidelige Søn.

„Røger du? Morten! —" spurgte han endelig — halvræd.

„Næsten aldrig," svarede Morten med dyb Alvor og et Suk, som skulde betegne, at dette var en af hans mange Forsagelser.

Men alle fandt forresten. at Morten Kruse var bleven meget værdig, efterat han tog fat paa det theologiske Studium. Den Tværhed, som havde udmærket Morten Bagstræver i Skolen, gik efterhaanden over til et surladent Alvor, der ligesom af sig selv førte ham til Theologien.

Han havde været af de heldige og var allerede Kapellan ved Nykirken i Byen; strax efter Udnævnelsen forlovede han sig, og det var hans Agt at gifte sig strax; thi hans Kjæreste havde Formue og ingen Forældre.

Smuk var Fredrikke Andersen ikke egentlig; men Madam Kruse troede, hun maatte være hjertens god og snil, saa ømt som hun undertiden kunde se op til Morten.

Lidt efter kom Husets ældste Søn — Sagføreren ind; han var forpustet, kom lige fra Dampskibsbryggen og gjorde mange Undskyldninger, fordi han ikke var mødt frem til de Forlovedes Ankomst.

„Men det er denne velsignede Forening, som tager al min Tid," sagde han, „jeg maa faa Hjælp; — du Broder Morten! faar være med; vore Folk bor mest i din Menighed omkring Fabriken."

„Du mener Fortuna; men hvad er det for en Forening, du taler om?"

„Aa — det er Arbeiderne; først var det bare en Art Forbrugsforening; nu er der Sparekasse og Sygekasse og alt muligt."

„En Forening af Arbeidere altsaa? — og der er du Medlem Peder?"

„Medlem?" — raabte Madam Kruse, „det er jo Peders Forening; han har stiftet den og faaet altsammen igang."

„Jasaa," svarede Morten tørt.

Madam Kruse blev lidt rød i Hovedet og vilde sagt noget; men hun tog sig i det og indbød Svigerdatteren til at følge med til hendes lille Værelse ovenpaa.

Faderen var ogsaa smuttet ud igjen i Kramboden, saa de to Brødre vare alene.

„Jeg gratulerer dig Morten! baade med din Ansættelse og med din Forlovelse; hun ser rigtig saa sød og snil ud."

„Fredrikke er en alvorlig og strengt opdragen Pige."

„Jaja! — hun kan vel være sød alligevel."

„Saadanne letfærdige Ord passer slet ikke paa min Forlovede; og jeg vil paa Forhaand bede dig —"

„Sludder Morten! skab dig ikke! Den Tone kan være god nok for de andre; men du maa ikke indbilde dig, at jeg, som kjender dig saa godt, lader mig dupere af sligt. Paa Tomandshaand kan du s'gu trygt lægge hele Præstemanden tilside; jeg forsikrer dig,i mine Øine gjør det Væsen dig bare latterlig."

„Det gjør mig oprigtigt ondt— Pederl at du fremdeles synes at være —"

Men Peder var alt ude af Døren, og Morten stod et Øieblik og saa efter ham; derpaa satte han sig ved Bordet, tog sin Noticebog frem og skrev og regnede sammen.

— Sagfører Peder Kruse havde Ord for at være temmeligt dum; og han havde da hellerikke bragt det vidt i Verden. Han tjente saa meget som han behøvede og boede forresten hjemme, fordi de Gamle ønskede det.

Fremtiden syntes ikke lysere; thi det var noget, som sagde sig selv, at ingen offentlig Institution kunde betro sine juridiske Forretninger til den lille radikale Sagfører, Amtmanden kunde ikke give ham Justitssager, og da han nu hverken drak eller var upaalidelig, saa blev man enig om, at han var for dum.

Derimod havde han et vist Greb paa at tilsnige sig Tillid blandt simple Folk; han opviglede nemlig Masserne — som det hed. Skjønt han var en akademisk dannet Mand, færdedes han blandt Arbeiderne og fik dem til at slutte sig sammen om fælles Interesser: billigere Mad og bedre Boliger.

Han var derfor grundigt forhadt af alle skikkelige Mennesker og udskjældt i deres Avis.

Peder Kruse var saa meget ældre end sin Broder Morten, at han var voxen Mand, mens hin var Skolegut. Og derfor havde han end vanskeligere for at taale den overlegne Præstetone, ligesom han idetheletaget ikke kunde udstaa Standen; eller — som det hed i Avisen — Vantroen og Gudløsheden var ogsaa hos ham uadskilleligt forbunden med politisk Radikalisme.

Hjemme i Huset havde han sin Støtte i Moderen; thi Jørgen Kruse selv gik ganske op i sin Forretning. Men Moderen, som fra hans Barndom havde havt alene ham at stelle med, hun fulgte siden med efter Evne og fik efterhaanden baade Kundskaber og Interesser; thi fra først af havde det nok været smaat bevendt.

Hun var begyndt som Butikjomfru hos Jørgen Kruse, dengang han endnu var en liden beskeden Høker med Talglys og Puddersukker og Sirup for Smaafolk. Og det var først en god Stund, efterat hun havde født ham en Søn, at hun blev ophøiet til Madam, og flyttede ind i Stuen, naar hun kunde undværes i Kramboden.

Men siden var denne Uregelmæssighed glemt af næsten alle; hun sled og arbeidede sammen med Manden; og da de endelig havde vundet opfor den bratte Bakke, som fører fra Ingenting til Noget, sagde Jørgen Kruse: „Ja — nu faar du have Tak for Hjælpen — Amalie Cathrine! — sæt dig ind i Stuen og hvil dig."

Saa kom de gode Dage, og saa kom Morten til Verden; det var derfor, han var saa fed.

De gode Dage benyttede Madam Kruse til at lære et og andet; og om det end altid blev smaat med Lærdommen, saa fik hun dog saa stor Respekt for den, at hun satte det igjennem, at begge Sønnerne skulde studere.

Ved den første lod Jørgen det gaa uden synderlig Modstand; Peder var tynd og bleg og havde Smag for Læsning. Men da Morten ved Tolvaarsalderen skulde over i Latinlinien, forsøgte han at slaa et lidet Slag.

Morten var tyk og tvær og legte aldrig andet end Krambod; han mistede aldrig en Kobberskilling, og før det blev fastslaaet, at han skulde studere; — thi det blev fastslaaet, Jørgen kunde ikke staa sig, naar Amalie Cathrine tog paa med de mange Ord —; men før den Tid stod Morten med Faderen i Kramboden og handlede for Alvor.

Og hvor mangen Gang havde ikke Jørgen med Beundring seet den seige Sikkerhed, hvormed den Lille tog Tobaksrullen, maalte ud efter Mærkerne i Disken og afskar Tobak for to Skilling saa akkurat i Mærket, at var det ikke indenfor, saa var det ialfald slet ikke udenfor.

„Ak ja" — sukkede gamle Jørgen Kruse ude i sit lille Kontor; „nu er han da bleven Præst, og det kan jo være vel nok; men herude er det s'gu, Gutten hører til."

Inde i Stuen sad Morten og gjorde op Regnskabet over sin og sin Kjærestes Reise; og da hun kom ned igjen ovenfra, sagde han:

„Fredrikke! — vort Regnskab staar nu saaledes, at du skylder mig 3 Ort og 15 Skilling," —

— Den nye Kapellan gjorde ellers ikke megen Lykke i Byen; der var ikke noget nyt ved ham; alle Mennesker kjendte den tykke Søn til Jørgen Kruse; og da de nu med engang saa ham paa Prækestolen med Pibekraven — myndig og revsende, syntes mange — — især ældre Folk, at det var lidt underligt.

Men da han havde sin Examen og udtrykkelig var udsendt til denne Menighed af dem, der ifølge Guds egen Anordning forestaa hans Rige her paa Jorden i Stockholm, saa maatte han jo i Ydmyghed annammes som den, der havde Myndigheden, hvor underligt det end kunde synes for Kjød og Blod, at denne fede Dreng pludselig steg op iblandt dem og tog deres Sjæle under Behandling.

Og om der end ikke blev den Tilstrømning til hans Prækener, som ellers hører til ved en ny Præst, saa vandt han paa den anden Side sine Foresattes og Medbrødres udelte Agtelse og Velvilje. Thi der var ikke noget Vrøvl med ham; han vilde ikke noget nyt besværligt, men besad en

25

klædelig Ærbødighed for det gamle.

Især var Fattigfogden henrykt. Nye Kapellaner var ellers hans Prøvelse; saa skulde der undersøges hos de Fattige, hjælpes hist og ikke hjælpes her; Damer kom løbende med varm Suppe, og der blev et Røre blandt de Fattige, saa de var ikke til at styre.

Men intet af alt dette indtraf med Kapellan Kruse; han sendte de første Fattige, som prøvede sig, til Fattigfogden som sig hør og bør, og der kom ikke en eneste Skaal Suppe for hans Skyld. —

— Da Morten var bleven gift, leiede han en liden beskeden Leilighed i Nærheden af sin Fars Hus, saa at de somoftest løb over Gaden og spiste Middag hos de Gamle. Hans Kones Formue var anbragt i Skibsparter og deslige i hendes Fødeby Kragerø; men Morten vilde ikke drive Handel og trak Pengene til sig.

Madam Kruse havde glædet sig saa meget til at faa de unge Folk saa nær — kanske altfor meget, tænkte hun siden; man skal ikke glæde sig altfor meget til nogenting; for man bliver saa let skuffet.

Var hun skuffet? — langt fra! — Madam Kruse vilde skammet sig, om nogen havde nævnt sligt; nei — men det var bare saa underligt.

Morten var jo Præst — stræng og alvorlig; og Fredrikke — ja hun var vist saa sød og snil som Dagen er lang for dem, som ligte hende; men hun var virkelig for gammel for Madam Kruse; Ungdommen skal sandelig være ung — mente Madamen.

Og dernæst var der en Ting til: hun maatte indrømme, at de Unge ganske anderledes forstod sig paa at føre et økonomisk Husstel end hun og hendes Mand nogensinde havde gjort — selv ikke, da det var smaat for dem i de første Aar.

De havde ogsaa levet tarveligt — aa meget tarveligt; men saaledes som Morten og Fredrikke at vide paa Skillingen, hvad der kunde spares og vindes paa Sæbe og Fyrstikker, — det havde aldrig hun — ikke engang Jørgen vidst Besked om.

Men alting havde de Unge udregnet og beregnet, og alting fik de billigere — ligefra Æg — dem kjøbte de nu forresten ikke mange af — og helt ned til Skuresand — altid sad Madam Kruse der saa flau, naar Morten sagde:

„Det er rigtig godt, at Mor har Raad til at kjøbe saa dyrt, — ikke sandt Fredrikke?"

„Jo — du har Ret — Morten! — det er bare lidt slemt for os Smaafolk derved, at Priserne stige, naar nogle betale for meget."

Og saa med Tjenestefolkene; Madam Kruse havde ikke lagt Mærke til det, før Fredrikke gjorde hende opmærksom paa, hvor utroligt Piger kan

„lægge i sig“, naar de faar raade med Smørret selv. Fredrikkes Piger — hun havde bare en ad Gangen, men byttede ofte — de spiste ved Gud næsten ingenting.

Dette begyndte at trykke den gode Madam Kruse: at hun skulde være bleven en gammel Kone uden at have lært at passe paa og være husholderisk. Thi hun maatte paa den anden Side være saa fuldstændigt enig med de Unge i, at intet er styggere end at ødsle og sløse med Guds Gaver. —-

— Ved Middagsbordet en Søndag spurgte Peder Morten, om han havde seet Fabriken, „der er mange store Forandringer — kan du tro, siden du reiste til Kristiania sidste Gang.“

„Ja der er store Forandringer og storartede Forandringer,“ tilføiede gamle Jørgen.

„Jeg har gaaet forbi et Par Gange,“ svarede Morten; „tjenes derPenge?“

„Som Græs; spørg Far; han bider sig hvert Aar i Fingrene, fordi han bare har en Aktie.“

„Aa det kan være nok med en,“ brummede Jørgen, „man skal ikke være altfor begjærlig.“

„Hvis det er som Peder siger, at der tjenes Penge, saa ved jeg ikke, hvorfor du Far eller nogen anden skulde holde sig tilbage; det er jo en fuldstændigt hæderlig Forretning; desuden nyttig for Byen.“

„Vil du kjøbe Aktier Morten?“

„Jeg driver ikke Handel,“ svarede Morten tvært; en Stund efter spurgte han sin Far: „hvad staar de i?“

„De noteres ikke,“ svarede Peder; „for her sælges saagodtsom ingen Aktier i Fortuna; man venter hvert Aar et uhyre Udbytte; hidtil har det kun naaet sex Procent.“

„6½“ — rettede Faderen.

„Ja — men saa blev der næsten intet afsat til Reservefondet.“

„Aa — en Mand som Professor Løvdahl er saa god som et Reservefond.“

„Synes ikke Peder, at sex Procent er pene Renter? ved du mange Steder, hvor man faar mere?“ — Mortens Tone mod Broderen var altid lidt krigersk.

„Renten er god nok; men der er ingen Garanti for —“

„Garanti!“ afbrød den Gamle; „der er jo baade Professoren og Bankchef Christensen.“

„Ja Christensen — Far! — han er nu med overalt, saa der kan vel ikke falde saa svare megen Garanti paa hvert Sted; men hvem kan overhovedet garantere, at ikke Produkterne gaar ned, saa Fabriken faar Tab, maa indkalde hele Kapitalen og saa alligevel ikke kan klare sig — hvem borger for det?"

„Det er jo noget Snak — Peder! — vi ved jo alle, at ethvert menneskeligt
Foretagende er underkastet Lykkens Omskiftelser — eller hvad jeg vilde
sige — Forsynet; men naar der findes Skjønsomhed og Forsigtighed i
Styrelsen, saa er et Foretagende som Fortuna — rent menneskeligt talt —
ret godt betrygget. Man har jo almindelig Tillid til Professor Løvdahl?"

„Ja det er en stor Mand," udbrød Jørgen Kruse og lagde Kniv og Gaffel
fra sig; „han kan faa alting til at gaa, hvad det saa er; desuden er han
uhyre rig."

„Jeg gad vide hvorfor den Mand laaner Penge?" sagde Peder.

„Laaner han Penge?" spurgte begge de andre.

„Ja — jeg har havt flere Clienter, som har fortalt mig, at de har laant
Carsten Løvdahl Penge mod hans blotte Kvittering."

„Hvadslags Folk var det?"

„Smaafolk, som har lagt sig lidt tilbedste."

„Ja saa kan jeg forstaa det," mente Jørgen; „det er saadanne Stakler, som
ikke eier Kapital nok til at leve af; og saa er Løvdahl godmodig nok til at
tage deres Skillinger og sætte dem ind i sin Forretning — som det kaldes;
og saa betaler ham dem gjerne en Rente af 6 til 7 Procent."

„Hvad behager!" fór Morten iveiret, „sagde du 6 à 7 Procent."

„Ja, hvad ved jeg?" svarede den Gamle; „men det kunde netop ligne
Professoren at øve Velgjørenhed paa den Maade. Thi vistnok tjener han
uhyre selv; men han er af dem, der ønske, at andre ogsaa skal tjene Penge;
han er ikke som visse andre Paver i Byen, som ikke kan unde en liden
Stakkar to Skillings Fortjeneste, fordi de vil ha det altsammen."

Derved kom de til at tale om Christensen og de andre af Ringen; og
Peder fik den Gamle til at le af de nyeste Historier i Byen.

Morten spiste tankefuldt og mumlede af og til: „syv Procent."

V

Abraham hentede sig efterhaanden mange Kurve hos Grete
Steffensen, indtil de blev saa godt kjendte med hinanden, at intet
Paaskud behøvedes for et Besøg.

Hun trak ham paa en underlig Maade med en blid stille Magt, som det
aldrig kunde falde ham ind at staa imod.

Og den Gamle var igrunden interessant, naar man vænnede sig til ham;
Abraham gjenfandt mange af de moderne Anskuelser, som han selv gik
og bar paa i de besynderlige haanske Taler, Steffensen pleiede at holde.

Men det var helst, naar det begyndte at røre sig i Abraham, at der var noget iveien med ham, at der var en Feil i hans Liv, noget hult i den Lykke, som altid havde fulgt ham, eller naar det tog endnu værre Form og han krympede sig foran to uundgaaelige Øine, da var det helst, han smøg ind i det lille Hus i Svingen, hvor Veien bøiede fra Fabriken, satte sig helt ind til Grete, tog en af hendes smaa tynde Hænder og lagde den paa sit Ansigt, forat hun skulde lade Fingrene løbe over hans Træk og fortælle ham, hvad han tænkte paa.

Hun sad og smaasnakkede med ham, mens hun arbeidede, og da var der intet i hendes Ansigt af det haanlige og bitre, som kom frem, naar Faderen talte. Hun bøiede Hovedet og lyttede til Abrahams Stemme, og et lykkeligt Smil laa om den fine Mund, saalænge han var der.

Hendes Fortrolighed havde ikke været sen at vinde for Abraham; ligefra hun havde hørt hans Stemme første Gang, viste hun ham en Tillid, som vilde være utænkelig ved en almindelig ung Pige. Men siden hun ikke kunde se, blev hun aldrig forstyrret ved nogen Skygge eller Vexlen i hans Ansigt, og deraf kom det, at hun kunde tale freidigt og ubekymret om Ting, som man ellers springer over med et Blik eller en liden Bevægelse.

Hun var vant til at høre Tingene nævnt ved deres rette Navne; og Omgangen med den grovkornede Far havde givet hende en naiv Sikkerhed, som aldrig var bleven forstyrret af et tvetydigt Smil eller nærgaaende Blik.

Abraham var det første Menneske, hun traf, fra en finere Verden end hendes; og derfor var der utallige Ting, hun vilde tale med ham om, som hun ellers havde haft for sig selv. Saaledes blev deres Møder en broget Blanding af Barnesnak og den allerintimeste Fortrolighed.

„At du kan holde ud at være saa rig!" — sagde hun en Dag til ham.

„Hvad mener du med holde ud?"

„Kan du ikke forstaa det, saa er du dum."

„Ja du ved, jeg er dum."

„Bare naar du vil; for du er skrækkeligt klog ellers."

„Hvad var det da, du mente?"

„Har du aldrig hørt Far fortælle om de fattige — om de rigtig fattige, ikke saadanne som vi, men de, som ikke har Mad?"

„Det er Far, som er rig, jeg er ikke rig."

„Aa — du slipper ikke fra det; du kan faa alt, hvad du vil; og naar han dør, faar du alt; hvad vil du da gjøre med alle de Penge?"

„Jeg vil give dig saa mange, du vil ha."

„Hvorfor vil du give mig saa mange?"

„Fordi — fordi —"

„— fordi du elsker mig," sagde hun og lo.

Abraham fik ligesom et Stød og famlede efter Svar; hun brugte dette sjeldne og vanskelige Ord ligesaa letvindt som hun til andre Tider kunde komme med et rigtig drøit Udtryk for Faderen.

„Eller elsker du mig ikke, hvorfor kommer du da her og sidder og forstyrrer mig, naar jeg skal være flittig?“ hun lo igjen saa fornøiet; „men du kan tro, jeg ved det saa godt; og din Kone liger du ikke længer.“

„Nei men Grete! hvor blev du saa klog?“

„Det har jeg hørt.“

„Af hvem?“

„Af dig.“

„Det er slet ikke sandt — Grete! — jeg har aldrig nævnt et Ord —“

„Nei ikke Ord! — det er ikke Ordene, jeg hører, det er Lyden; jeg ved alt, hvad du tænker paa, naar du har sagt: Goddag — Grete! — ja jeg kan høre paa Fodtrinnet dit udenfor, om du bare kommer, for at forstyrre mig eller om — om —“

— „eller om ?“

Hun slap sit Arbeide og rakte Armene ud imod ham; og før han kunde forhindre det, om han ellers havde villet — gled hun hen paa hans Fang og hviskede ham ind i Øret:

„Eller om du kommer tung og træt, fordi du ikke har det godt — Abraham.“

I Stuen faldt der Solskin, det var Høst — tidlig Høst med lav Sol, som fandt de lave Vinduer og fyldte Stuen med varmt gult Lys. Og medens Abraham underligt beruset og halvt skamfuld prøvede at lade som ingenting, for ikke at skræmme hende, lagde Grete sin Kind til hans og sagde, at hun kunde kjende, Solen fløod nedover hende, og det gjorde saa godt.

Han blev med en Gang saa underligt trist, at han gjerne kunde grædt — som han sad der og holdt hende i sine Arme; han havde ikke kjendt det før saaledes; men i dette Øieblik gik det ligesom op for ham, hvor Livet var usigelig bagvendt og meningsløst; alt blev ham saa klart — saa klart og tomt; selv syntes han sig allerede gammel at vandre fremover i en Allée af Skuffelser, og hvad vilde Livet bringe den Stakkel, der klyngede sig til ham!

Hun følte strax hans Stemning, det gjorde hun altid:

„Idag er du tung — Abraham! — og ved du hvorfor?“

„Ved du det — Grete?“

„Du vilde hellere have mig til Kone end den, du har.“

„Ja, ved du hvad! — det var kanske bedre,“ udbrød han bittert.

„Men det gaar ikke an,“ tilføiede hun alvorligt og fandt sig tilbage til sin

Plads.

„Hvorfor ikke?"

„For det første, fordi du har en og for det andet, saa kan jeg ikke gifte mig."

„Hvem siger det?"

„Det har Far sagt."

„Aa — naar du fandt en Mand, som du kjendte godt og ligte —"

„Nei — det er ikke for Mandens Skyld; det er for Børnene; Far siger, at naar den Lille gaar hen til Ovnen og hælder kogende Kaffe over sig, saa kan ikke jeg se det, — aa jeg ser det saa tydeligt!" — hun holdt Haanden op for de blinde Øine —, „nei — nei! — det gaar ikke an."

Det var tydeligt, at dette Billede havde brændt sig ind i hendes Bevidsthed og stængte Tankerne ganske paa den Kant.

Abraham var bleven tankefuld; han sad og legede med hendes lange Haarfletning; hun bøiede sig over sit Arbeide og sagde heller ingen Ting.

Saaledes sad de, da Steffensen kom hjem fra Fabriken Klokken syv.

Abraham kunde aldrig blive klog paa, om den Gamle havde noget imod hans Besøg hos Grete; men idag var det dog aabenbart, at Steffensen ikke ligte at træffe ham.

Han gik omkring i Stuen og fløitede, og Grete hviskede til Abraham: „Far er sint."

Imidlertid var Steffensen gaaet ud i Kjøkkenet, hvor han pleiede at vaske sig, naar han kom af Arbeide; og mens han dukkede sig i Vaskevandet og prustede som en Flodhest, raabte han høit:

„Thepotte! — hvad siger De? — en sølverne Thepotte med Sukkerskaal og Flødemugge! — fra samtlige — ho! ho!" — ned i Vandet — „fra samtlige Arbeidere paa Fortuna; det bliver overmaade høitideligt — hvad siger De?"

„Forstaar du? —" hviskede Grete.

„Ikke et Ord" — svarede Abraham og reiste sig, for at gaa.

„— for Nidkjærhed: Thepotte; — for Omhyggelighed: Sukkerskaal; — samt for human Behandling: Flødemugge! — hvor den brave Mand vil blive overrasket! — hahaha! — undskyld — unge Herre! — gamle Steffensen tillader sig at le af Jer allesammen."

„Hvad er det for en Thepotte, De taler om? —" raabte Abraham.

„Aa — skulle vi nu skabe os! — hvor rørende, at De gider spille en Stump Komedie for en simpel Mand; jeg har ogsaa spillet Komedie i min Ungdom — det var saamænd i Mandal: — Gud bedre! men jeg spillede meget bedre end De — Hr. Bestyrer."

„Muligt, for jeg spiller ikke Komedie; jeg forstaar Dem ikke, — ikke et

Ord."

Steffensen kom helt frem i Døren tørkende sig med Haandklædet; han havde et rødt olieglinsende Ansigt med to store langt fremstaaende Øine, dem han nu rettede mod Abraham som en Theaterkikkert.

„Og De vil indbilde mig —"

„Han ved ingenting — Far!"

„Bah — hvad ved du? — men jeg har mine to gode øine — jeg; tør De se mig stivt i Øinene og sige, at De ikke ved noget om den Arbeiderfest, som forberedes paa Fortuna?"

„Jeg har ikke hørt et Ord derom," svarede Abraham.

„Du kan være sikker, han ved ingenting," tilføiede Grete alvorlig.

„Det var som Fanden," mumlede Steffensen vantro; „kanske De hellerikke ved om Hædersgaven: Thepotte, Sukkerskaal samt for human —"

„Hold op!" raabte Abraham utaalmodig, „jeg gider ikke høre paa Deres Vrøvl; — Farvel — Grete!"

„Aa Hr. Bestyrer," sagde Steffensen og gned sig fornøiet i Hænderne; „vil ikke Hr. Bestyreren være saa venlig at stanse et Par Minutter, saa skal De bare høre. Idag gik Marcussen — Barnefaderen som de kalder ham — omkring paa hele Fabriken og meldte, at alle Arbeiderne vare komne overens om at overrække Professor Løvdahl en Hædersgave — hvad siger De? — paa førstkommende 4de Oktober, — Professorens berømte Fødselsdag. Det var naturligvis en ganske frivillig Sag; men han tvivlede ikke om, at jo enhver brav Arbeider med Glæde vilde gribe denne kjærkomne Anledning — ja De kan vel den Lexe? — den er lige fra Bankchef Christensens Tørreloft."

„Vil Steffensen være med?" — spurgte Abraham.

„Nei — nei — gode Herre! — gamle Steffensen han svarede: nix nei — padetout; — og de andre havde nok god Lyst til at følge med; men saa saa vi alle, at Marcussen satte Mærke i Bogen sin, og det skulde nok betyde saa meget som, at Steffensen har levet sin længste Tid i Fortunas Maskineri."

„Aa Snak! — Steffensen! — tror De, Far tar Hensyn til sligt; jeg er vis paa, han vilde gjøre alt, for at hindre denne taabelige Indsamling, hvis han vidste om det."

„Ak vidste du bare — vidste du bare —" nynnede den Gamle og drev ud i Kjøkkenet igjen, for at gjøre sig færdig.

„Hvorfor kan du ikke være med, Far?" — spurgte Grete lidt ængstelig; „det blir da vist ikke stort paa hver."

„Hvorfor jeg ikke kan være med — mit Barn? — jo det skal jeg sige dig," og han stillede sig midt i Døren og rettede sig, somom han talte fra Tribunen; „fordi det er noget Humbug, Spilfægteri og Satans Blændværk det hele. Tror du nogensinde, de Folk, som arbeider derborte i Fabriken — at de nogensinde har en Skilling, som de ikke selv har mangfoldigt Brug for? — og alligevel kommer de alle med sine frivillige Bidrag — ja frivillige, fordi de heller vil undvære Smør for et Par Dager end risikere at sidde uden Brød hele Vinteren; — derfor kommer de, fordi de ere saa fattige, at de ere t v u n g n e til at være feige, — saa fattig er ikke gamle Steffensen — det er hele Forskjellen.“

Men somom han ikke ligte, at han var kommen til at sige det sidste, skyndte han sig at fortsætte:

„Thi du maa vide — mit Barn! at her i Landet ansees det som en Naade at faa Lov til at slide sig ud for en Betaling, der netop saavidt holder Livet oppe og Legemet nogenlunde beklædt. Og er man nu saa heldig at slæbe for en Kapitalist, som ikke netop tager Livet helt af en, og som ikke strax for den mindste Ting kaster en paa Gaden, ja saa er det frem med de frivillige Bidrag, Kapitalen vil have Sølvtøi, Thepotte for Nidkjærhed, Sukkerskaal for Omhyggelighed, samt for human Behandling: Flødemugge.“

Han blev afbrudt ved, at nogen bankede paa Døren; det var Fru Gottwald, som traadte ind og histe. Der var endnu saameget Lys fra den vestlige Himmel, hvor Solen var gaaet ned, at man kunde se hinanden i Stuen, og Abraham hilste lidt forlegent: det var længe siden han havde seet hende.

Fru Gottwald brugte i sin Modeforretning endel Kurvarbeider fra Grete Steffensen og kom ofte herud til hende. Abraham havde mødt hende et Par Gange, men undgik hende helst; dels havde han ond Samvittighed, fordi han besøgte hende saa sjeldent, dels ligte han aldrig at træffe Folk fra Byen, naar han var hos Grete.

Men han slap ikke iaften; Fru Gottwald bad ham ligefrem vente, forat de kunde følges indover.

Han bød hende Armen og de gik et Stykke — begge lidt forlegne; endelig sagde hun:

„De kommer aldrig mere indom til mig, Hr. Kandidat!“

„Kjære Fru Gottwald! kald mig dog Abraham som i gamle Dage.“

„Jeg vilde inderligt gjerne kalde Dem som i gamle Dage; men De er bleven mig saa fremmed idet sidste; jeg kan ikke længer se Dem som lille Marius's Ven og Afgud for det var De: — husker De ham endnu?“

„Ja ganske livagtigt,“ svarede Abraham, „især i en liden graa Vinterfrakke med Strop i Ryggen.“

„Ak Herregud! — jeg har den endnu; hvor det gjør godt at tale med en, som kjendte ham, og De er jo omtrent den eneste."

Abraham lovede sig selv, at han oftere skulde besøge hende; og imidlertid havde de naaet Kirkegaarden, hvor Fru Gottwald skulde op til lille Marius's Grav.

Det havde et Par Gange forekommet Abraham, somom hun gjorde Tilløb til at faa sagt noget, men opgav det igjen; nu da de skulde skilles og holdt hinandens Haand, vendte hun det smukke, forgræmmede Ansigt op mod ham, med et ængsteligt Udtryk i de klare brune Øine:

„Vær ikke vred paa mig — Abraham! — der er noget, jeg maa sige. Grete Steffensen —"

Han gjorde en utaalmodig Bevægelse og vilde trække Haanden til sig.

„Nei — nei! — det var ikke saa ment — kjære Abraham! — jeg ved, De er ikke saadan; men alligevel — ja det var bare det; jeg vilde sige, fordi — fordi jeg altid synes, jeg har som etslags Andel i Dem for Marius's Skyld. Nu maa De ikke være vred og ikke synes, jeg blander mig i det, som ikke kommer mig ved; mit Liv har været saaledes, at jeg synes, alle forsvarsløse Kvinder kommer mig ved. Godnat."

Abraham fortsatte sin Gang indover mod Byen og tænkte, mens han gik, paa sin Moder; der var altid noget ved Fru Gottwald, som mindede ham om hende.

At Folk kunde mistro ham i Forholdet til Grete Steffensen, havde han vel tænkt sig; men det ærgrede ham, at Fru Gottwald kunde hentyde til det; og ved disse nye Tanker kom han mere bort fra det, han havde hørt ude hos Steffensen.

Der var mørkt i Professorens Værelser: men ovenpaa hos sig selv traf Abraham Faderen i en fortrolig Samtale med Fru Clara.

„Godaften — min kjære Dreng! — du har jo været ude i hele Eftermiddag — siger Clara; kom nu og sæt dig; jeg vil være Eders Gjæst iaften."

Professorens Ansigt straalede, idet han betragtede det smukke unge Par, de elegante Rum, al denne Luxus og al denne Lykke, han havde skabt for de to kjære Mennesker.

„Ja — jeg maa rigtignok ogsaa spørge hvor du har været i al denne Tid? — Abraham!" begyndte nu ogsaa Clara.

Men Professoren bemærkede, at Abraham ikke var i Kulør, og han havde allerede lært at afparere smaa Scener mellem dem:

„Lad os aldrig spørge ham — Clara! Luften er saa fuld af Hemmeligheder og Overraskelser; du kan være sikker, Abraham har ogsaa en."

34

„Det er altsaa sandt, hvad man fortæller, at der forberedes en Arbeiderfest ude i Fortuna?" spurgte Abraham.

„Har du ikke hørt det før?" — spurgte Clara.

„Ingen har nævnt et Ord til mig om det."

„Ja ikke til mig heller; det maa være noget, den lille Frue har fore," sagde Professoren; han vilde aabenbart slaa det hen i Spøg.

„Og denne Indsamling — Far —"

„Hys — hys! — hvor kan du dog være saa indiscret?" raabte Professoren og holdt sig for Ørene.

„Ja — det maa jeg ogsaa sige —" henkastede Clara.

„Du ved altsaa om det — Far! — det havde jeg ikke troet; du maa dog finde en saadan Indsamling blandt fattige Arbeidere yderst pinlig."

„Naar vi nu netop skal tale om det," svarede Professoren, „saa finder jeg en saadan Tanke, naar den udgaar fra selve Arbeiderne, smuk og hæderfuld for begge Parter."

„Ja — naar den udgaar fra Arbeiderne."

„Derom er der in casu ikke fjerneste Grund til Tvivl," sagde Professoren med al den Værdighed, som altid gjorde sin Virkning paa Abraham.

„Du mente kanske, Far selv havde sat den Indsamling igang?" — spurgte Clara haanligt, idet hun bragte Professoren et varmt Glas, hun selv havde brygget til ham; han kyssede galant hendes Haand, og hun tog Plads med sit Arbeide tæt ved ham; Abraham gik op og ned paa Gulvet med en Cigar.

Efter en Pause sagde han:

„Lad saa være, at den oprindelige Tanke opstaar blandt Arbeiderne; men det ved vi dog alle, at mange — kanske de fleste følger med, bare fordi de ikke tør andet; ja jeg ved endog, at det heder sig ude paa Fabriken, at den, som ikke kommer med sit Bidrag, er ikke sikker paa at beholde sin Stilling."

„Hvem har bildt dig det Snak ind — Abraham? — nu har du vist i en talt med din Ven Stelfensen?"

Abraham maatte indrømme, at det var saa.

„Ja — hvad ham angaar, saa kan det vist være saa temmeligt ligegyldigt, om han kommer med sit Bidrag — som du siger — eller ikke; hans Afskedigelse er allerede besluttet, og han vil faa sin Opsigelse om kort Tid."

„Det er ikke muligt? — Far! — skal Steffensen jages? — en dygtig og ædruelig Arbeider."

„Jages — hvem siger, han skal jages? Direktionen forlanger Indskrænkninger, og saa har vi seet os om efter en billigere Mand, han er funden, saa maa Steffensen gaa; det er saa klart og greit som Dagen."

I den senere Tid havde det hændt et Par Gange, at Faderen i Smaating ikke syntes Abraham saa stor og fuldendt som han ellers saa ham; men det havde aldrig hændt, at Abraham ligefrem satte sig op imod ham; men i dette Øieblik blev han hidsig, Blodet steg ham til Hovedet og han sagde: „Jeg finder ikke, at man behandler mig fuldkommen loyalt; her træffes Aftaler og Arrangements, uden at der siges mig et Ord; enten er jeg Bestyrer og vil behandles som saadan, eller ogsaa kan jeg gaa; jeg vil ikke staa som et Nul til Spot og Spe."

„Nei, men hvad gaar der af dig — Abraham!" — raabte Clara.

„Vær bare rolig — lille Ven! Abraham har altid været lidt hidsig, det ligger ham i Blodet; — du vil snart indse — kjære Abraham! — ved rolig Eftertanke, at du tager feil. Der ydes dig al Anerkjendelse og ethvert Hensyn som Direktionens Assistent; men at hverken du eller jeg har hørt noget om disse hemmelige Forberedelser, se det er jo bare af Delikatesse."

„Nuvel — det kan saa være; men jeg spørger: skal Steffensen afskediges, naar jeg udtrykkelig forlanger, at han skal blive?"

„Steffensen — denne Steffensen! — du kjender ham ikke — Abraham!"

—

Idetsamme traadte Pigen ind og meldte, at der var en Dame og en Herre i Forstuen, som spurgte, om Familien var hjemme.

Det viste sig at være Pastor Kruse med Frue. De gjorde mange Undskyldninger i Munden paa hinanden, fordi de forstyrrede saa sent. Men da de just kom fra Bibellæsningen og saa Lys i Vinduerne, fik de saadan Lyst til at gaa indom.

De blev meget venligt modtagne, for de kom i Virkeligheden saa beleiligt.

Og desuden syntes Clara godt om Fru Fredrikke. Det tiltalte hende at bevære Præstens rigtig godt og gjerne være lidt flot paa det, samtidig med, at hun med Interesse hørte paa de økonomiske Betragtninger og alle de smaa Kneb, Fredrikke lærte hende i Madlavningen. Og naar Abraham den næste Dag knurrede for en Sauce, som ikke var andet end tyk Meljævning, var det hende en Fornøielse at foreholde ham, hvor væmmeligt og simpelt det var at sløse med Mad og Drikke, selv om man havde Raad til det.

Professoren og Præsten kom hurtigt ind i en Samtale, som begyndte med de Fattige, gik derfra til Fabrikarbeiderne og endte i Fabrikens indre Driftsanliggender

Alene Abraham følte sig fremdeles ilde; han ligte ikke den vigtige Morten Bagstræver — hellerikke Konen; og det var ham ligefrem ubehageligt, at disse Mennesker i den senere Tid mer og mere trængte sig ind i hans Kreds. Han blev ved at gaa op og ned efter Aftensbordet og deltog lidet i Samtalen.

Den var ellers livlig nok; thi Præsten havde ligesaameget at spørge Professoren om, som Clara Fredrikke; og da de skiltes blev Damerne enige om at mødes paa Mandag; medens Præsten — lidt forlegen — spurgte, hvad Tid paa Dagen han kunde træffe Professoren i Forretningsanliggender.

VI

Nogle Dage senere besøgte Kapellanen efter Aftale Professor Løvdahl i hans private Kontor. Præsten var noget nervøs og urolig og havde travelt med at tørke Sveden af sin Pande med Lommetørklædet, som han holdt sammenrullet i sin knyttede Haand.

Professoren var rolig og velvillig, men unægteligt lidt nysgjerrig.

Da han troede, at det gik ud paa en velgjørende Indsamling eller en Forening eller noget sligt, saa begyndte han, for at komme den forlegne unge Mand tilhjælp, med nogle almindelige Talemaader om de mange Pligter og Besværligheder, som paahviler den samvittighedsfulde Sjælesørger.

Men han skjønte snart, at d e r var det ikke; og tilslut var han i Begreb med at spørge ligefrem, hvad det var, Præsten vilde, da denne endelig meget ubehændigt fik spurgt, om Professoren følte sig tilfredsstillet i sit Arbeide som administrerende Direktør af Fabriken.

„Aa ja saamænd; der er jo altid et stort Ansvar forbundet med saaledes at skulle være etslags Forsyn i det smaa for saamange Mennesker. Men vi søger jo paa bedste Maade efter Evne at forbedre Arbeidernes Vilkaar."

Men her var det hellerikke; det var hellerikke om Arbeiderne der skulde tales; Kapellanen hostede og sagde derpaa usikkert:

„Aktierne ere vel fordelte paa mange Hænder?"

„Aktierne! — hvad behager? — nu ja! — De spurgte om Aktierne, — jo de ere fordelte paa mange Hænder, — det vil da sige, saa overmaade mange er det ikke. Beløbet er stort — 1000 Kroner pr. hel Aktie, og vi har ikke indladt os paa at udstede halve eller mindre."

Professoren gjenvandt sin Fatning, som han nær havde mistet, da det gik op for ham, at det var Forretninger her skulde tales om. Alligevel følte han sig fremdeles noget usikker.

Naar han talte med Folk af sin oprindelige Stand, var Professoren altid Videnskabsmanden — færdig til en overlegen Spot over Kræmmerne.

Derfor forekom det ham fra først af lidt uvant og bagvendt, at to Akademici skulde sidde og forhandle om Aktier og Udbytte.

Men Morten Kruse tog det paa en fornuftig Maade, da han først var kommen til Sagen; han udtalte sig om Forretninger med en Sagkundskab, som satte Professoren i Forbauselse.

„I hvilken Pris staar Fortuna-aktierne for Øieblikket?" spurgte Præsten, da de havde snakket en Stund.

„Ja — sandt at sige, saa ved jeg det ikke; sidst jeg kjøbte —"

„De kjøber altsaa?"

„Nei — det gjør jeg egentlig ikke," svarede Professoren; „jeg har allerede saa mange Aktier; men det har hændt et Par Gange, at en enkelt Aktionær har skabt sig gal paa Generalforsamlingen, og saa har jeg foretrukket at kjøbe de Misfornøiedes Aktier fremfor at have Ubehageligheder."

„Og De har da betalt?"

„Jeg har overtaget Aktierne til indbetalt Beløb — saavidt jeg mindes."

„Man kan altsaa endnu faa kjøbe Aktier til pari?" — spurgte Kapellanen ivrigt.

„De kjøber altsaa?"

„Jeg skal sige Dem Hr. Professor," svarede Morten og prøvede at lægge lidt Salvelse i det, „min Hustru er ikke ganske blottet for det, man kalder jordisk Gods."

„Jeg har hørt, at Deres Frue skulde være formuende."

„Aa — Formue kan der ikke være Tale om; en beskeden Pengesum til Hjælp under Sygdom eller anden Hjemsøgelse — det er det hele. Men hvor ubetydeligt det end er, vilde jeg dog helst have det anbragt indenbys og helst paa en saa lidet iøinefaldende Maade som muligt."

„Naturligvis —" indskjød Professoren.

„Det er ikke i nogen Henseende gavnligt, at Menigheden anser sin Præst for at være formuende," tilføiede Kapellanen alvorligt.

Professoren, som nu endelig forstod, hvor det bar hen, sagde velvilligt:

„Dersom De ønsker enten at kjøbe Værdipapirer eller idetheletaget gjennem mig at anbringe Deres Penge —"

„Ja netop, det var just mit Ønske," udbrød Morten ivrig; „en Mand i min Stilling kan jo ikke saa godt ordne saadanne Anliggender direkte; men paa den anden Side er det heller ikke Ret ganske at forsømme det Timelige."

„Ganske vist ikke — nei! — jeg forstaar Dem saa godt; og det vil være mig en Fornøielse, hvis jeg —"

„Tak — tusind Tak," udbrød Kapellanen og fik nu al sin Aplomb igjen;

„naar jeg altsaa med Guds Hjælp faar nogle Penge tilovers, tør jeg haabe, at faa dem anbragt hos Dem?"

„Jeg skal efter bedste Evne bistaa Dem med Anbringelsen af Deres Penge paa den fordelagtigste Maade."

„Det fordelagtigste vilde vel være at lade dem forblive i Hr. Professorens Forretning," sagde Morten prøvende og iagttog den anden.

„Hos mig?" — gjentog Professoren langsomt.

„Jeg overlader det ganske til Dem," skyndte Morten sig at sige, idet han reiste sig, for at gaa; „De ved selv — Hr. Professor! jo mindre Kapitalen er, desto mere maa man søge at gjøre ud af den."

Da han var gaaet, tænkte Professor Løvdahl længe over denne mærkelige Visit. — Det var ganske vist: enkelte Smaafolk havde sat sine Sparepenge ind hos ham, og han havde af Godmodighed givet dem en liden Andel hist og her i en god Forretning, saa deres Penge gav en bedre Rente end i en Bank.

Men det kunde jo ikke falde ham ind at gjøre dette efter en større Maalestok; han trængte ikke til Penge — allermindst til dyre Penge; og hvis det var i Haab om en høiere Rente, at Præsten vilde anbringe sine Penge her, saa kunde det nok hænde, at han blev skuffet; men vilde han kjøbe Aktier i Fortuna, saa var det en anden Sag; det støttede altid, at der var Kjøbere forhaanden.

Men Morten gik og tænkte, om han ikke alligevel havde været dum, som ikke havde spurgt lige ud, hvad Rente han kunde vente sig. —

Det var ikke godt at sige, fra hvem den kom — Ideen til den store Arbeiderfest paa Fabriken. Marcussen havde engang nævnt for Konsul With, at til Høsten fyldte Fabriken sit tiende Aar; og saa var det nok faldet Konsulen ind, at dette spæde Jubilæum kunde afstives noget ved at henlægges til Professor Løvdahls Fødselsdag; og saaledes var det øget og øget, indtil der blev baade Sølvtøi og storartede Forberedelser.

Fru Bankchef Christensen græd — ja det ved Gud, hun gjorde, — hun græd sig en liden Tur hver Dag over dette Sølvtøi.

Tænke sig, at alt det kunde hun havt: Thekande, Sukkerskaal og Flødemugge af massivt Sølv!

Ikke for det, hun havde jo Theservice af Sølv; men det var aldeles ikke noget for hendes Mand at komme stikkende med; det var ikke et Gran mindre ærgerligt af den Grund.

Stundom, naar hun havde tænkt længe paa dette Sølvtøi, forekom det hende, at Professor Løvdahl havde stjaalet det ud af hendes eget Skab, — ja der var endogsaa en Plads i Skabet, hvor det skulde have staaet; og aldrig gik Fru Christensen at se til sit Sølvtøi, uden at hun sukkede: „der stod det!"

„Du er Fæ — Christensen!" — gjentog hun hulkende, jo nærmere
Festen kom; „du kan være Formand for trængende Barselkvinder og
alverdens Sygekasser; men du frasiger dig — Herre min Gud! — han
frasiger sig frivilligt den eneste Post, hvor der kunde falde lidt Sølv af, —
ja, for det kunde man da vide paa Forhaand! — og saa skal vort — ja jeg
siger netop med Vilje vort Sølvtøi gaa til denne — denne —" hun kunde
ikke finde paa et Ord saa frygteligt som hun vilde have det til Professor
Løvdahl, og hun græd bare, saa hun dirrede.

Bankchefens Ægteskab var af de sædvanlige; han var desværre ikke saa
overlegen i Dagligstuen som i Kontoret; overfor Fruen kom han altid
tilkort, og saa blev han sint, og saa blev hun sint, og saa kjæglede de, og
saa vare de Uvenner. Men saa kunde jo ikke det gaa an i Længden. siden
de boede sammen; og saa blev det godt igjen, indtil det blev galt igjen.

Christensen maatte denne Gang bære sin Kones Vrede som han bedst
kunde og samtidig forberede sig paa den Tale, han paa samtlige
Arbeideres Vegne skulde holde for Direktør Løvdahl.

Og mens han sad og syslede med store Ord og velklingende Vendinger,
gned han sin bløde Næse og snøftede lidt, somom selve hans egen Lovtale
lugtede ham lidt mistænkeligt. —

— Alt føiede sig saa lykkeligt til denne Fest. Der kom en Bande tyske
Musikanter til Byen, og paa selve Dagen var der et Veir, som ikke kunde
være skjønnere. Luften ganske stille — frisk, men ikke kold; Solen
skinnede rødligt og lunt i den lette Høsttaage, som steg op og forsvandt;
og de glatskyllede Næs og Odder med violette Striber af Lyng i
Sprækkerne tungede sig udover i det blaa smaakrusede Hav. —

Selve Fabrikens Bygninger vare saa stygge og sodede, at de trodsede
enhver Dekoration, hvorfor Marcussen itide opgav dem og samlede alt,
hvad der var af Kranse og Flag om en stor Estrade, han ihast havde slaaet
sammen længer oppe i Bakken. Herfra kunde Taleren overse Fabriken, og
hans Stemme lyde vidt udover Mængden i Skraaningen nedenunder.

Marcussen gik og pyntede med Flag og Grønt; han havde faaet nogle af
Direktørernes Tjenestepiger til at hjælpe sig; og han løftede dem op og
ned af Trapper og Stole — tjenstvillig og galant; og Pigerne lo og skreg
saa smaat og faldt i Armene paa ham og kunde ingenlunde faa istand,
uden han hjalp dem.

Marcussen var en stor, vakker Fyr med hurtige Øine og et Greb om
Pigerne, som han var berømt for; han havde i Virkeligheden et
skrækkeligt Rygte, og han pleiede selv at sige blandt sine Venner, at han
havde sit særskilte Folio i Kirkebogen. Men ellers var han bleven

Professorens høire Haand i Forretningen, og hvad selve Festen angik, saa var han igrunden paa det nærmeste Mand for det hele.

Imidlertid var der ogsaa livligt hjemme i Løvdahls Hus; der skulde være stor Herremiddag i Anledning af Fødselsdagen, og Bordene stod alt dækkede i Salen.

Vognene var for Døren, og Kusken sad i Galla og holdt de blanke Heste; Professoren gik frem og tilbage — som hans Vane var, naar han klædte sig, og øvede sig paa sin Takketale.

Da kom Pigen til de Unge ovenpaa ned og skulde hilse fra Fruen, om ikke Professoren vilde være saa snil at komme op et Øieblik — helst strax.

Professoren skyndte sig afsted med det hvide Halstørklæde i Haanden; han troede, der var noget iveien med den unge Frue. Men Clara løb ham imøde i det første Værelse — varm og rød i Kinderne med Kjolen halvt hægtet.

„Tænk dig — Far! han vil ikke gaa! — Abraham vil ikke være med til Festen — siger han."

„Naa — naa! — ikke værre — min Ven! du gjorde mig ganske forskrækket; hvad er det? — Abraham, hvorfor vil du ikke være med?" — spurgte Professoren venligt sin Søn, som nu kom fra sit Værelse.

„Aa — det er ikke andet, end at jeg ikke har Lyst til at gaa med til denne Fest, og saa farer Clara op og —"

„Din Fars Fødselsdagsfest?" afbrød Professoren smilende.

„Nei Far! — det er det ikke; d e n vil vi holde herhjemme; men Festen derude paa Fabriken er en hul Tilstelning, noget Spilfægteri — rent ud sagt."

Professoren gjorde et beroligende Tegn til Fru Clara og sagde: „Ikke har jeg Tid og ikke vil jeg fordærve min Feststemning ved at disputere med dig om dette. Der kan vistnok være noget i det, du siger — eller rettere: i det, du mener; men du har som vor Ungdom idetheletaget en uheldig Lyst til at komme halende med en stor ethisk Maalestok i utide og i Tilfælde, hvor den slet ikke passer."

„Men naar min Overbevisning —"

„Naar din Overbevisning ikke tillader dig at være Vidne til Hædersbevisninger, som ydes din Fader, saa bør du blive hjemme, det er klart; men jeg haaber, din Overbevisning vil tillade dig at spise Middag med mig Klokken fire?"

„Det er ikke ret af dig — Far! — at tage det paa den Maade; du ved godt —"

„Javist — jeg ved det saa inderligt godt; du mener det paa din Vis godt, og at du vælger denne Vis, er noget, jeg maatte være forberedt paa; det ligger dig i Blodet. Jeg prøvede — som du kanske kan huske — flere Gange i din tidlige Ungdom at advare dig mod denne Misfornøielse, som ikke taaler, at noget eller nogen hæver sig op over det almindelige Niveau — nei — nei! afbryd mig ikke; vi skal ikke disputere, men der er det dog, det hele bunder. — Aa lille Clara! vil du ikke binde mit Halstørklæde?"

Abraham gjorde Vold paa sig, for ikke at give et heftigt Svar, dreiede sig rundt og gik ind i sit Værelse. Hans Kone passerede tæt forbi ham, da hun vendte tilbage til Soveværelset, for at fuldende sit Toilette og en Stund efter, da hun gik ud igjen, for at stige tilvogns. Han kjendte hendes Parfume, og Kjolen strøg ham næsten; men ingen af dem sagde et Ord.

Han blev siddende og stirrede hen for sig indtil han hørte Vognen rulle bort. Der sad de ved Siden af hinanden — hans nydelige Hustru — munter og pyntet og Faderen med sine Ordener i stort Format, Stokken mellem Knæerne og Hænderne foldede over det Elfenbens Haandtag.

De to passede sammen. Abraham kunde ikke mindes, at hans Far og hans Kone nogensinde havde været uenige om nogen Ting. Næsten som ved et instinkt mødtes de bestandig i den samme Mening, og den var næsten bestandig stik imod Abrahams.

Det kjendtes for ham, som han stod der ved Vinduet, somom der maatte være et svælgende Dyb mellem hans og hans Fars Livsanskuelse, — en Afstand større end nogensinde før i Verden mellem ung og gammel. Der var jo, naar han nøie skulde gaa det efter, ikke den Ting, de kunde se fra samme Side; der var jo ikke den Tanke, som ikke strax spaltede sig i to og sendte dem langt fra hinanden ud i Uenighed og Misstemning.

Han kunde ikke forstaa, naar han nu samlede alt fra Hentydninger, Samtaler og varme Debatter, hvorledes denne store og høit beundrede Fader, hvis Hoved var saa klart, hvis Tænkemaade igrunden var saa ædel, hvorledes han kunde staa fremmed — ja næsten fiendtlig overfor alt det, som Abraham følte Trang til at beundre og kjæmpe for.

Og Clara — hun ogsaa! — vel var hun voxet op i nogle gamle, barokke Parykideer; men han havde dog talt saa meget med hende om de nye Tanker, og hun havde grebet meget af det med saadan Iver. Nu benægtede hun, at hun nogensinde havde bifaldt hans gale og ugudelige Paradoxer.

Nuvel! — desto kraftigere maatte han selv staa; de strænge Krav, Nytidens Moral stillede til personlig Sandhed og Ansvarlighed, skulde han vide at opfylde; idette Øieblik tænkte han paa sin Moder: saaledes vilde just hun have ligt ham.

Naar han opfattede en saadan Arbeiderfest som Humbug, saa skulde han protestere og ikke af Hensyn til sin Far gjøre sig til Medskyldig.

Abraham blev staaende længe ved Hjørnevinduet og saa nedover Gaden. Der var næsten ingen Folk; thi den halve By var ude til Festen; og mens han betragtede de sidste Efternølere, som skyndte sig afsted, kom han til at tænke paa, at Veiret var smukt, og hvilken Fornøielse det var for gamle og unge at komme ud af Byen en liden Tur og faa frisk Luft i sig.

Mangfoldige brave Borgere og Smaafolk gik derud med sine Koner; de forstod ikke stort af Talerne og tænkte ikke meget over Festens dybere Betydning; det var for dem etslags Søndag midt i Ugen, en halv Fridag, som de kunde have godt af.

Og her gik han hjemme i sine smukke Stuer og protesterede! mon der ikke igrunden var noget forfærdeligt latterligt i dette?

Med en Gang stod det saaledes for ham, at skulde der være nogen Mening i denne Protestering, saa havde han enten maattet sætte sig alvorligt op mod Faderen eller endnu bedre: traadt frem midt i Festen og sagt høit, at han fandt en saadan Tilstelning, hvor Kapitalen indirekte tvang Arbeiderne til en nedværdigende Dyrkelse, — at det var Humbug og værre end det.

Turde han ikke noget af dette, saa kunde han s'gu ligesaa gjerne gaa til Festen som de harmløse Borgermænd; intet var dog elendigere end denne Protest i Stuen.

Og en Stemning kom igjen, som en enkelt Gang var faldet over ham lig en Lyseslukker: hvor Livet var bagvendt og meningsløst; hvor han selv var mislykket, forspildt — en Pjalt, som aldrig vilde drive det videre end til smaa latterlige Tilløb og store skammelige Nederlag.

Mismodig og ligegyldig tog han sin Hat og drev udover, for at sidde en Stund hos Grete; men han fandt Huset aflaaset. Formodentlig havde Steffensen taget hende med til Festen; det morede hende at være blandt Folk, alle kjendte hende og havde et venligt O0rd, og saa var der jo Musik.

Abraham gik ogsaa videre udover mod Fabriken; Banden spillede „Wacht am Rhein", mens der var en Pause i Talerne.

Da han kom frem paa Bakken, stansede han uvilkaarligt ved det forunderlige Syn. Her var han nu saa vant til at færdes hver Dag, at han kjendte hver Plet omkring Fabriken; men idag var det, somom Fremmede havde taget alt fra ham, og han var ganske tilovers.

Paa den store Tribune oppe i Bakken var der fuldt af pyntede Damer, det blinkede i Champagneglas og Tjenerne løb travle omkring. Flagene hang uden at røre sig i rige Folder nedover det sidste Grøntfra Haverne, gulnede Blade og røde Bær. Til begge Sider stod de nysgjerrige fra Byen; men nedenfor i Bakken havde Fortunas Arbeidere samlet sig om et langt

Bord, hvor de beværtedes med øl og Cigarer. Deres Koner og Døtre stod i Grupper udenom — stille og alvorlige.

Abraham følte sig ikke oplagt til at møde sin Kone og de andre; han gjorde en Omvei ind mellem Fabrikens Bygninger, og derfra kom han bagom Arbeiderne og blandede sig i Flokken.

Bankehefen havde talt for Dagen med den dobbelte Fest, og Professoren havde svaret; en Deputation havde derpaa overbragt Sølvtøiet og Løvdahl havde takket med et Leve Arbeiderne; denne Skaal var just drukket, da Abraham kom og Festen var saaledes næsten tilende.

Varme af at drikke Øl i Solen og raabe Hurra stod Arbeidsfolkene fornøiede med sine korte Piber eller med de sjeldne Cigarer stukne helt tilbunds indi Munden og en Røg som af smaa Skorstene. De modtog Abraham ærbødigt og venligt; og det blev strax lagt saaledes ud, at den unge Bestyreren vilde ikke drikke Champagne blandt de Fine; men han holdt sig ikke for god til at drikke et Glas øl med Folkene.

Uden at mærke synderligt til det Indtryk, han gjorde, søgte Abraham efter Grete og fandt hende blandt Fruentimmerne. Hun blev ikke det mindste forvirret, men høirød af Glæde, da hun hørte hans Stemme.

Koner og Piger trak sig lidt fra de to; men blev dog staaende i en Klump foran, saa de ikke kunde ses fra Tribunen. Der var ingen iblandt dem, som tænkte noget ondt, — ikke fordi de troede den unge Løvdahl et Haar bedre end fine Byfolk ialmindelighed; men Grete Steffensen var blind og ikke som andre Piger; Ulykken beskyttede hende baade mod Fare og Misundelse, saa hun kunde gjøre, næsten hvad hun vilde.

„Er ikke Far din her? — Grete!"

„Jo — han var netop her; ser du ham ikke?"

„Nei — medmindre han er i Flekken helt henne ved Talerstolen; de stimler sammen der."

„Ja der er han vist," mente Grete med et fiffigt Smil.

Abraham blev strax opmærksom; hendes Minespil var saa aabenbart:

„Hvad mener du? — hvad tænker din Far paa at gjøre?"

„Far vil holde en Tale," hviskede Grete triumferende.

„Guds Død! — det maa han ikke," raabte Abraham uvilkaarligt; han tænkte paa, hvor vanskeligt det allerede nu var for Steffensen at holde sig i sin Stilling; holdt han idag en ubehagelig Tale — den vilde naturligvis blive ubehagelig —, saa gjorde han sig aldeles umulig.

Men Steffensen var alt oppe paa Tribunen: med Hatten i Haanden og krumme Arme gjorde han en Række ærbødige Bøininger for det fine Publikum, medens Ungdommen inde fra Byen begyndte at le og opmuntre ham med Vittigheder.

Abraham lagde Mærke til, at hans Far hviskede noget til Bankchefen; og hele Selskabet paa Estraden trak sig saa langt som muligt tilbage fra selve Talerstolen i en forvirret Blanding af nødtvungen Høflighed og Frygt for den kjendte ondskabsfulde Person.

Men Steffensen gav dem ikke megen Tid; han begyndte strax:

„Mine Damer og Herrer! — jeg er en Arbeider af de Ildesindede — siger man, en af de værste — siger nogle. Men vær ubekymret — mit høistærede Herskab! — jeg vil her kun takke Dem, takke Dem inderligt og dybtfølt som en rørt Arbeider paa Deres Fortuna."

Imidlertid syntes det høistærede Herskab med et at faa travlt med at trykke hinandens Hænder og tage Afsked.

„Jeg vil takke Dem," raabte Steffensen høit, „takke Dem, fordi De idag — mine Damer og Herrer! — lade Solen skinne saa vakkert gratis paa alle os Smaafolk, fordi De ikke forlanger mere af os end vore Spareskillinger til Sølvtøi, fordi De lader vore Hustruer og Døtre saa nogenlunde i Fred, ja takke Dem alle hver især, fordi De saa smukt under os at leve Livet i velsignet Arbeide for Eder."

Nu var der ingen igjen af de Høistærede; den rummelige Estrade var tom; kun nogle befippede Tjenere stod ved Champagnebordet. Men Steffensen gjorde endda en dyb Kompliment mod Selskabet, som fjernede sig opover til Veien, hvor Vognene holdt paa Fladen, derpaa vendte han sig høit leende mod Arbeiderne:

„Der gik hele Stasen! — hvad siger De? nu faar jeg holde min Tale for Jer —"

„Steffensen kan holde Kjæft" kom det fra en tyk Stemme blandt Arbeiderne.

„Nei— nei! — lad Steffensen tale," raabte de fra andre Kanter; men der var en liden Knurren, som øgte, indtil en alvorlig rolig Mand sagde:

„Steffensen skal ikke tale."

Det var en af de ældste Formænd paa Fabriken og flere raabte nu: Steffensen skal ikke tale; mens de bedste Arbeidere samlede sig henover mod Abraham.

Steffensen blev bleg; men han tvang sig og raabte:

„Hvis det er ham der — den unge Løvdahl, I er ræd for, saa kan I spare Jer Umagen; for han er med os — en af vore; — ikke sandt? — Hr. Bestyrer!"

Abraham følte alles Øine paa sig; men han vidste ikke, hvad han skulde sige.

„Men hvorfor svarer du ikke?" sagde Grete forundret; „du er jo med os!"

Steffensen greb Anledningen til at komme ned af Talerstolen med nogenlunde Anstand, og der opstod en forvenmingsfuld Pause i Kredsen, som nu var mange Hoveder tyk omkring Abraham.

Men i ham skjød der pludseligt op en længe overgroet Spire; en ungdommelig, begeistret Beslutning; han følte i sig Kraft og et svulmende Mod som den, der med et bliver sig sin Evne bevidst til at handle selv, til at gribe med sikker Haand ind i Livet og tage sit Tag med.

„Ja vel er jeg en af Eder," raabte han ud iblandt dem; „derfor holder jeg mig hernede blandt Arbeidsfolkene — ikke deroppe blandt de Fine. Vi — vi Arbeidere — vi vil holde sammen, — her er min Haand!"

Den blev grebet af hundrede — trykket og knuget, og ingen havde seet Bestyreren saaledes før — høi og straalende som han langsomt banede sig Vei gjennem den tætte Skare.

Steffensen vilde atter gribe Øieblikket og foreslog høit, at der paa Stedet skulde dannes en Forening og en Komité og saa videre. Men saasnart Steffensen talte, faldt der en Kulde over de fleste; alle vidste, han var en mærket Mand; hans Dage ved Fabriken vare talte, og han kunde let rive andre med sig.

Forslaget overhørtes og druknede ganske i et tordnende Hurra for Bestyreren; de vilde drikke hans Skaal; men der var ikke mer, Tjenerne havde ryddet Bordene, Festen var forbi og Folkemassen havde spredt sig.

Arbeiderne drog sig da ogsaa hjemover i smaa Flokke efter først at have presset Abrahams Haand forsvarligt.

Paa Veien indover til Byen gik Abraham i en underlig ophøiet, kampberedt Stemning.

Vage Billeder og Erindringer fra Ungdommens Læsning kom frem i hans Sind og malede ham en Fremtid i Spidsen for Arbeiderbevægelsen; Dimensionerne voxte, han kastede alle Broer af; han renskede op i al den tykke Samfundsuretfærdighed; og da han naaede Byen, var han netop kommen saa langt, at Clara og hans Far bøiede sig for ham og sagde: Du havde Ret.

— Men Steffensen gik tvær og muggen hjemover; Grete var ikke heller glad; hun ærgrede sig paa Faderens Vegne og var ikke ganske tilfreds med Abraham.

„Der findes Pinedød ikke saa feige Arbeidere i Verden som I," sagde Steffensen til en gammel Tømmermand, der havde været med i Sølvdeputationen.

„Vi har saa lidet at staa imod med."

„Bah! naar vi bare holdt sammen."

„Ja nogle af os holder jo sammen — med Direktionen," mente Tømmermanden.

„Ja, hvad Tak har I saa for alt det elendige Kryberi?"

„Det vil nu vise sig i Længden."

„Ja det vil saa," knurrede Steffensen arrig; han forstod Hentydningen.

— Professorens Fødselsdag var en Fest for Byens Herrer, og især efter Fruens Død havde den store Middag efterhaanden antaget en særegen Karakter med traditionelle Taler og løierlige Ceremonier.

Abraham var fremdeles i sin Kampstemning; men der blev ingen Anledning til Udbrud. Clara var mild og elskværdig, from som et Lam. Hun havde nemlig havt en Samtale med sin Svigerfader, i hvilken de vare blevne enige om, at Abraham fortiden var nervøs og burde snakkes efter Munden, for ikke at blive værre.

Hellerikke ved Bordet forefaldt der noget, som kunde foranledige ham til at rykke ud paa nogen Maade; Alverden var saa blid og pirøiet og hjertens fornøiet.

Og alt som han saa Rusen øge hos de andre og selv drak ubekymret med, udviskedes Samfundskampens strænge Billeder, og Arbeidernes fremrykkende Kolonne overdøvedes af den muntre Klirren med Glas og Gafler.

Han reiste sig og gik opover, for at drikke et privat Lykønskningsbæger med sin Far, saaledes som de pleiede paa denne Dag.

Professoren forlod strax sin Plads ved Bordenden og trak sin Søn hen til Vinduet, hvor de kunde snakke uforstyrret af det larmende Bord.

„Jeg vidste nok, du vilde komme — min egen kjære Abraham," sagde Professoren hjerteligt og lagde ham sin venstre Arm om Skulderen.

Abraham blev rørt og stammede; men Faderen vedblev: „Vel kan der være adskilligt Humbug ved mangt og meget her i Verden; men du maa ikke undervurdere Betydningen af et godt og venskabeligt Forhold mellem Arbeideren og Arbeidsherren; jo nøiere de bindes sammen —"

„Man binder sig ikke nøie til Arbeiderne med Champagne og Sølvtøi," svarede Abraham kjæk; det var Alvor med ham denne Gang; han havde en Idé, som han vilde holde frem.

„Hvorledes mener du det?" spurgte Faderen og tog sin Arm til sig.

„Jeg var idag nede blandt Arbeiderne — Far!"

„Jeg saa dig."

„Og jeg sluttede mig helt og holdent til dem; og de samlede sig alle om mig!"

„Du stiftede en Forening?" — spurgte Faderen koldt.

„Nei — ingen Forening — ingen udtrykkelig Forening; men vi sluttede os sammen — forstaar du — saadan rigtig hjertelig Sammenslutning, saadan — trohjertigt, — ser du —" Abraham begyndte at famle, han blev rød i Hovedet; mon det ikke alligevel var en latterlig Ting, han havde gjort.

Men Professorens Ansigt klarnede, til det straalede:

„Det var rigtigt! — det var aldeles udmærket af dig — Abraham! saaledes skal det netop være; ingen taabelig Forening, som binder den enkelte —"

„Det var just det, jeg mente," indskjød Abraham, som gjenvandt alt sit Mod.

„— og som kun tjener til at løfte smaa Ærgjerrigheder tilveirs som for Exempel —" Professoren lagde atter Armen op og hviskede fortroligt lige ind i Øret paa Abraham, — „som for Exempel vor værdige Ven d e r — Bankchef Christensen."

Abraham lo — smigret ved, at Faderen vilde gjøre sig lystig sammen med ham over Byens mægtigste Mand, som tilogmed sad der i al sin Storhed ti Skridt fra dem.

„Ved du, hvad han ligner bagfra — Far! — en Elefant," hviskede Abraham.

„Ja du har Ret," lo Professoren; „men dette gaar ikke an, at vi to staar her og ler af vore værdige Gjæster. Tak skal du have — Abraham! du kunde ikke bragt mig nogen kjærere Gave idag, netop i denne tvangfri Fortrolighed mellem Over- og Underordnede ser jeg et velsignet Gjenskin af de gode gamle Dage og et Haab for Fremtiden. Hils dine Folk fra mig."

De skiltes med et Haandslag og gik hver til sin Plads ved Bordet, hvor den almindelige Lystighed snart igjen opslugte dem.

Men Abraham var den hele Aften som ude af sig selv af Glæde og Fremtidshaab; og han endte med i Kaadhed at bære sin Kone opad alle Trapperne, da hun skulde tilsengs.

Han havde grebet ind i Livet, kastet sig ind i Tidens Kamp; men han havde allerede den halve Seier i sin Haand — Faderen var med ham —, hans store, beundrede Fader!

VII

Carsten Løvdahl sad i sit private Kontor. Tre høie Vinduer ud mod Husets Have — en gammeldags stille Byhave med tætte Lindetræer, der skjulte de omliggende Huse. Om Sommeren faldt et grønt kjøligt Skjær ind i det store Rum, og om Vinteren lyste Sneen hvidt fra de knudrede Stammer og fra den ubetraadte Plaine, hvor Naboskabets Katte steg forsigtigt i hinandens Spor og rystede Poterne.

Det massive Skrivebord af mørkt gammelt Egetræ uden Forsiringer stod

midt paa Gulvet; Breve og Papirer i velordnede Bunker bedækkede begge
Fløie, og paa det grønne Klæde midt foran Chefen stod et pragtfuldt
Skrivetøi af Bronce — Lykkens Gudinde staaende paa en Kugle med en
Egekrans i Haanden; det var en Gave fra Meddirektører i Fortuna; og ved
Siden laa en hvid Svanepen med Blomstermaleri fra Fru Claras egen
Haand.

Rundt omkring stod tunge alvorlige Stole i Række, saa kom et Skab, en
Sofa, og saa igjen Stole; og selve Væggene vare behængte med
Skibsmodeller og Karter, et par Marinebilleder samt Tegninger og
Fotografier af Fortuna.

Det tykke mørkegrønne Gulvtæppe, som laa baade Vinter og Sommer,
dæmpede Skridtene, og gjorde det store Rum endnu høitideligere. Svære
Portierer skilte Chefens fra de ydre Kontorer, hvor Mæglere og Agenter
færdedes; den høitbetroede Marcussen var den eneste, som ubekymret
passerede Portieren og bragte Bud til og fra Principalen.

Intetsteds var der forblevet et Spor af Lægen eller Videnskabsmanden;
Carsten Løvdahl havde taget Skridtet fuldt ud; han var bleven Kjøbmand
med Liv og Sjæl; hans Spekulationsforretning interesserede og optog
ham, medens han var stolt over at staa i Spidsen for den største
Omsætning i Byen.

Det havde føiet sig saaledes for ham, at han næsten altid blev den første i
det, han tog sig for. Som Øienlæge havde han hurtigt vundet det første
Navn, og han var traadt tilbage, inden hans Ry fik Tid til at blegne.

Siden havde han følt sig noget alene med sine literære og videnskabelige
Interesser blandt lutter Pengemennesker; og især i den selskabelige
Tomhed efter Fru Wenches Bortgang, følte han mer og mere Trang til at
udfylde sit Liv med noget; saa fik han Smag paa Pengelivet og lod sig rive
fuldstændig med.

Med en Iver, somom han var et ungt Hoved, satte Carsten Løvdahl sig i
Spidsen for en Mængde nye Foretagender, der ligesom voxte op i hans
Spor, under hans Hænder, og gav Plads og Arbeide for store og smaa,
skabte Fortjeneste og Velvære udover vide Kredse.

Sin Kones store Formue, som hovedsageligt bestod i udenlandske Stats-
og Værdipapirer, deponerede han for en Del i inden- og udenbys Banker,
hvorved han bekvemt kunde trække Vexler uden fra først af at tiltrænge
Endossements i større Udstrækning.

Som første Direktør i Fabriken udfærdigede han alle Driften
vedkommende Papirer, og disse Fortunavexler — som de kaldtes i
Kontoret — gik sammen med hans egne gjennem hans Forbindelser, saa
at Abraham allerede ved sin Indtrædelse i Forretningen i Vexelbogen fik

et storartet Indtryk af Husets Virksomhed.

Det var imidlertid ikke blot gjennem Carsten Løvdahls Kontor; at Vexlerne strømmede rigeligt; det hed sig, at der var let for Penge, uden at man egentlig saa, hvor de kom fra: det man saa Mand og Mand imellem, var hellerikke Guld: men en Masse hurtigt-løbende Papirer, der som en Flod forøgede sig selv og bar paa sine smale tremaanedlige Strimler alle Menneskers Haab fremad mod en Indfrielse, som alligevel bestandig blev til en Fornyelse.

Alting trivedes i Byen; alle vilde være med, og for alles Planer blev der Udvei. Vilde nogen bag Spitsbergen efter Klapmytser, eller drive Kobbergruber langt Pokker ivold i Dovrefjeld, bygge Dampskibe eller Bedehuse, eller pumpe Vande ud eller lave Circus — man gik bare ind i det imponerende Kontor hos Løvdahl, udviklede sit Projekt og nævnte et Par Navne, saa var Aktieselskabet dannet, Krediten aaben, og en ny liden Vexelstrøm født, der skummede afsted, forenede sig med den store og forsvandt i den bevægede Masse.

Fru Bankchef Christensen havde mangen tung Stund; hendes Mand gik tilbage, det var klart; Løvdahl her og Løvdahl hist, og saa bagefter kom Christensen, — han som før altid var den første.

Men Bankchefen selv syntes at have slaaet sig tilro som den anden inden Ringen; han dannede ingen Opposition. Og i den skjønneste Samdrægtighed afgjorde Ringen alle Byens store og smaa Anliggender, styrede alle Aktie- og Interessentskaber, besatte alle Poster, forvaltede Bankerne og hjalp sig selv og sine nærmeste og holdt dem udenfor, som skulde holdes udenfor; udbragte endvidere hinandens Skaal og lod raabe Hurra for sig selv ved festlige Anledninger.

Som Zirater vare Embedsmændene indfattede i Ringen — høiagtede og smigrede; men de styrkede ogsaa paa mange Maader Kapitalen i Liv og Død — baade Tolderen, Dommeren, Skifteforvalteren — lige til Præsten, som skulde holde Ligtalen.

Forresten var det Penge og bare Penge, hvorom Livet dreiede sig, hvorefter alle frivilligt rangerede sig, — den eneste Adkomst og Berettigelse til at aabne sin Mund med en selvstændig Mening. —

— Carsten Løvdahl lænede sig tilbage i den brede Lænestol og saa sig med Veibehag omkring i Kontoret.

Han kunde nu med et Smil tænke paa de Tider, da han i sin videnskabelige Stolthed havde forarget Handelsstanden. Nu havde han følt Sødmen ved at have Magt over mange Mennesker. Den næsegruse Dyrkelse, hans Penge og Indflydelse nu overalt omgav ham med, var anderledes Mad for hans Forfængelighed end den kolde videnskabelige

Anerkjendelse, der før var hans Løn.

Og saa var han desuden saa ganske anderledes fri end før; han behøvede ikke at være forsigtig eller give Agt paa sig selv; han kunde ikke forløbe sig; intetsteds laa der nogen nøieseende Kritik paa Lur, alt, hvad han gjorde var saare godt og øgede Dyrkelsen.

Han havde hurtigt lært, at han kunde tillade sig hvadsomhelst — ja at en vis Hensynsløshed mod mindre Kollegaer hørte med til Ringens Privilegier. Carsten Løvdahl blev derfor ogsaa snart ødsel med Løfter og vidunderligt glemsom; nedladende og hjælpsom mod den, der krøb; fremmed og overlegen, naar Selvraadigheden vilde tilveirs.

— Saaledes sad han en Formiddag mod Slutten af Vinteren; en Vaarstorm af Sydvest med Styrtregn susede gjennem Byen og faldt en enkelt Gang med frygtelig Kraft ned i Lindetræerne i Professorens Have, hvor Jorden var sort og sur efter Snevandet, og Kattene satte over Plainen i lange Hop med Halen tilveirs, opad Plankeværket, for at komme i Hus.

Professoren var noget nervøs — næsten høitidelig; hans Søn havde netop meldt ham, at Clara befandt sig ilde. Doktor Bentzen, som var Huslæge ovenpaa, havde ogsaa været indom i Kontoret, for at meddele Professoren, at den unge Frues Nedkomst var forhaanden.

Løvdahl arbeidede adspredt; saa paa Uhret over Kaminen foran det store Speil eller rettede sig lidt i Stolen og saa ind i Speilet; han holdt af at sidde saaledes, at han kunde se sig selv.

Da meldte Marcussen: Bankchef Christensen.

Professeren blev ubehageligt overrasket. Hvad vilde dog Bankchefen idag? De havde nylig — iforgaars — været sammen i Direktionsmøde for Fabriken: det gik ikke fuldt saa godt derude som man havde ventet.

Stemningen havde været lidt underlig. Kom nu Bankchefen allerede idag i dette Veir, og saa midt under hans Spænding for Udfaldet ovenpaa hos de Unge.

„Godmorgen — Hr. Bankchef! — færdes De ude i Stormen?"

„Jeg gaar altid med Vinden paa Ryggen, som salig Randulf pleiede at sige."

Bankchefen tog en Stol og satte sig helt hen til Pulten og syntes at ville blive længe; han var spøgefuld, det huede hellerikke Professoren.

„Jeg kommer, for at tale med Dem om enkelte Ting vedrørende Fabriken, som jeg ialfald foreløbig ikke vilde berøre i et Direktionsmøde."

„Jeg tænkte mig næsten det; — Hr. Bankchefen tager let Skræk."

„Ganske vist, altfor let," svarede Christensen godmodigt; „men jeg er saa at sige voxet op i Vexler og Papir; og det er ikke ad den Vei man bliver, hvad Professoren vel vilde kalde en modig Mand."

„Efter min Formening kan man ikke uden videre overføre sine Erfaringer fra et Bankinstitut til en produktiv Forretning som en Fabrik."

„Det har De Ret i — Hr. Professor! — det kan man ikke," svarede Bankchefen anerkjendende; han lagde sig bagover i sin Stol og strøg sig over Ansigtet, alvorlig og værdig med al den Aplomb, han eiede, naar han følte sig som Situationens Herre.

Professoren mærkede det og holdt sig ligesaa stiv og imponerende i sin brede Lænestol foran Fortuna, som halvt svævende rakte ham sin Krans.

Et Øiebliks Pause udfyldte Stormen ved at kaste sig i en vanvittig Hvirvel ned fra Hustagene og piske med de nøgne Lindegrene, saa gammelt Løv, Vand og Sand raslede mod Ruderne.

„Det er ikke noget indbydende Reiseveir," sukkede Bankchefen.

„Skal De reise?"

„Jeg skal jo til Carlsbad — som sædvanligt."

„Men det er jo længe til."

„Ikke saa længe endda; for iaar vil jeg tage den første Saison, den er mindre kostbar; og jeg tænker de fleste blandt os — baade store og smaa vil for Fremtiden nødes til at indskrænke sig."

„Det tror jeg aldeles ikke," raabte Professoren ivrig; „Herregud! — hvad skal disse Mennesker i denne fugtige Afkrog af Verden yderligere give Afkald paa? — her er jo ikke andre Fornøielser end at drikke sig fuld, — ingen Musik, intet Theater, ingen offentlige Forlystelser. Nei — nei! — lad os ikke tænke, at Livet her skal blive endnu graaere og tristere: snarere vil jeg dog haabe, at den Opkomst, hvori Byen fortiden befinder sig, at den vil føre til et lettere og lysere Liv baade for store og smaa."

„Ja lad os haabe det — Hr. Professor! — det gjør godt at høre Dem tale saa tillidsfuldt; Gud give De fik Ret."

„Men se Dem dog om — Christensen! se hvorledes det ene Foretagende sættes igang efter det andet —"

„De gaar nu ikke alle lige godt."

„De mener?"

„Jeg mener for Exempel, at vor Fabrik i det løbende Aar vil mangle Driftskapital."

„Der er ingen Grund til Ængstelse, vi har meget store Beholdninger, hvis Realisation —"

— „hvis Realisation vil medføre Tab," afbrød Bankchefen roligt; „desuden staar De i betydeligt Forskud for Fabriken; og om De end er saa taalmodig en Kreditor, maa dog Pengene engang betales Dem før eller senere."

„Min Tillid til Fortuna er ubegrænset," svarede Professoren og slog ud med Haanden.

„Det er vel nok; men hvis Fabrikens Gjæld til Dem var afgjort, saa havde der neppe været stort Udbytte ifjor."

Professoren gjorde en utaalmodig Bevægelse; det havde kostet ham Møie nok ved Hjælp af Marcussen at faa istand et fordelagtigt Aarsopgjør for Fabriken; men han vilde før risikere sine egne Penge end indrømme, at Fortuna gik slet under hans Ledelse.

„Jeg antager, at vi ved næste Generalforsamling bliver nødt til at forlange en større Indbetaling paa Aktierne, og det vil uden Tvivl falde besværligt for mange. Jeg har ikke mindre end 15 Aktier for min Part" — sukkede Bankchefen.

„Nei — nu maa jeg rigtig le! — synes De, at De har for mange Fortuna-aktier?"

„Vil De kanske kjøbe fem?"

„Kjøbe? — nuvel lad gaa! — jeg kjøber fem Aktier."

„Hvad vil De give?"

„Jeg vil overtage dem for indbetalt Beløb — al pari."

„Vel —" sagde Bankehefen, „1000 Kroner pr. Aktie, vil De have flere?"

„De maa have sovet daarligt — Christensen," lo Professoren lidt forceret.

„Jeg sover aldrig godt om Vaaren," svarede den anden tørt og reiste sig; det lod til, han havde opnaaet Hensigten med sin Visit.

Ved Døren sagde Professoren endnu engang spøgende: „De skal faa Deres Aktier tilbage for samme Pris, naar vi til næste Aar betaler 10 Procents Udbytte."

„Mange Tak," svarede Bankchefen smilende og gik ud gjennem de ydre Kontorer; bag sin Haand skelede han henover alle Pulte og Borde og snøftede let; somom han prøvede med Næsen, om Luften havde den ægte, uforfalskede Guldlugt.

Men Professor Løvdahl sad igjen i sin Lænestol og saa sig omkring i Kontoret, somom noget var forandret derinde. Altsammen stod paa sin Plads; Uhrviseren var avanceret et Kvarter, det var det hele; og alligevel syntes ham, der var kommet noget til, som ikke var der før; eller taget noget bort.

Det var den første Skygge, som passerede over hans nye Liv; hidtil havde alt gaaet godt; alle havde beundret i fuld Tillid; og aldrig havde han selv tænkt sig andet, end at naar han — Carsten Løvdahl først vilde nedlade sig til at være Kjøbmand, saa maatte han selvfølgeligt i enhver Henseende overgaa disse halvdannede Grosserere, blandt hvilke han levede.

Men i dette Øieblik løb hans Tanker uvilkaarligt og uden at han kunde stanse dem ud i de vildeste Muligheder af Tab, Ruin og Fallit. Han mindedes med ét store Huse, der pludseligt vare styrtede sammen, Formuer indsmeltede, rige Folk tomhændede — en Sværm af Ulykker, Fald og Ydmygelser myldrede frem som Erindringer, der stillede sig op og pegte fremover som Spaadomme.

Han rev sig ud af disse Tanker med et Ryk, tørrede sin Pande og gik hen til det midterste Vindu, stirrede ned i den øde, lukkede Have, hvor Stormen huserede.

Han hørte ikke, at nogen bankede paa den lille Dør i Panelet, som førte ud i en Korridor, hvorfra der baade var en liden Vindeltrappe op til anden Etage og en Udgang til Bagsiden af Huset.

Denne Vei kom kun forskræmte Supplikanter og de mest intime Venner af Huset; og da Professoren endelig blev opmærksom paa, at Døren knirkede, idet den aabnedes med Forsigtighed, vendte han sig hurtigt og huskede med et Situationen ovenpaa.

Men det var ikke noget Bud fra de Unge, derimod kom Morten Kruses fede Krop tilsyne — værdig, men lidt genert — i den lave Dør.

„Undskyld Hr. Professor! — jeg benytter mig af mit Kjendskab til Huset fra Guttedagene; jeg vilde nødig passere Kontorerne. Doktor Bentzen fortalte mig det; og saa mente jeg, at et Besøg af Præsten kunde kanske være til nogen Opmuntring for Familien; det er jo et Øieblik — en Begivenhed saa glædelig i sin Udgang, det vil vi idetmindste haabe og bede —"

„Tak — Hr. Pastor! — det var meget venligt af Dem."

„Hvorledes staar det til?"

„Alt tyder paa, at det vil gaa normalt og lykkeligt; men det er jo altid —"

„Naturligvis; det er ret et Øieblik for Bøn og Anraabelse."

Kapellanen satte sig i den Stol, Bankchefen havde forladt, og pustede ud; han var kortaandet af at gaa mod Stormen.

Professoren lagde sit Ansigt i de rette Folder til en religiøs Samtale; han ligte igrunden ikke denne Præst; der var noget dobbelt eller noget halvt ved ham; han vidste aldrig hvorledes han skulde tage ham.

Og Præsten paa sin Side syntes ligesaa raadvild. Det var akkurat som sidst, da han var her, for at tale om Fortuna-aktier. Idag var det jo en anden Sag; men Pausen blev lang, og Professoren vilde ligesaa gjerne undgaa en halvreligiøs Underholdning med den unge Theolog.

Han lagde det ene Ben over det andet, saa fra Lykkens Gudinde hen paa Kapellanen og sagde henkastet:

„Interesserer De Dem endnu for vor Fabrik — Hr. Kruse?"

„Ja Hr. Professor! — det gjør jeg! jeg interesserer mig meget for Fortuna."

„Den er jo en Velsignelse for mange Smaafolk i Byen.“

„Visselig — visselig —“

„Og Aktionærerne kan saamænd hellerikke beklage sig.“

„Saa hører jeg; Udbyttet var jo smukt ifjor?“

„Og bliver ikke mindre til næste Aar.“

Der fór med en Gang en rigtig Kræmmeraand i Professoren; han gav sig til at fortælle og rose Fabrikens Affærer, indtil Præsten ivrigere og ivrigere formelig berusede sig i de store Tal, og begge syntes ganske at have glemt den stakkels Fru Clara, som laa ovenpaa.

Tilslut sagde Præsten, idet han gjorde en Bevægelse mod sin Brystlomme:

„De lovede mig sidst at være mig behjælpelig med at anbringe nogle Penge, om jeg fik lidt tilovers“ —

Idetsamme kom Marcussen ind. Begge Herrerne ved Pulten troede strax, det var et Bud ovenfra og forandrede Udtryk; men det var bare en Pakke fra Bankchef Christensen.

Professoren aabnede; det var de fem Aktier forsynede med lovlig Transport.

„Han har Hast —“ mumlede Professoren ærgerlig.

„Budet venter,“ sagde Marcussen.

„Hvad venter Budet paa?“

Marcussen hviskede: „Jeg syntes, han nævnte Kontanter.“

Professoren fór tilbage: „strax nu efter Banktid? — hvad er det for Snak! — men stop, Marcussen; lad Budet sidde ned et Kvarters Tid.“

Marcussen gik og Professoren kastede skjødesløst Aktiebrevene foran sig og lænede sig tilbage, for at fortsætte Samtalen. Præstens Øine veg ikke fra de smukt udstyrede Papirer, hvorpaa var lithograferet en Lykkegudinde med en Krans, — Mage til den, som stod paa Skrivetøiet.

Professoren gav Tid; og tilslut sagde den anden:

„Er det Aktiebreve i Fabriken?“

„Ja det er nogle faa Aktier, som min Ven Christensen har overladt mig.“

„Sælger han?“ spurgte Kruse forsigtigt.

„Nei langtfra! det var et gammelt Regnskab, en Likvidation — egentlig etslags Imødekommenhed.“

„Til hvilken Pris har Professoren overtaget dem?“

„Sandelig om jeg husker det i Øieblikket; vi skal spørge Marcussen.“

Men Præsten stansede hans Haand, som vilde trykke paa Ringeapparatet:

„— det er jo slet ikke saa vigtigt; — de staar vel adskilligt over pari Kurs?“

„Ja naturligvis,“ svarede Professoren og bøiede sig helt ned bag Pulten, somom han tog noget op af Gulvet; han følte Blodet i Kinderne: det var første Gang, han prøvede sig i en Forretning som denne.

Præsten havde foldet Aktiebrevene ud og strøg dem glatte med sin fede Haand.

„Fine Papirer," sagde han og smilede, „var det ikke syv Procent ifjor?"

„Ja — saavidt jeg husker; men jeg faar en Idé — Pastor!" raabte Professoren oprømt, „tag dem, det er just Papirer for Dem; har De Lyst, saa Værsaagod — fem Stykker."

„Vil De sælge — Hr. Professor?"

„Jeg vil holde mit Løfte: at være Dem behjælpelig —"

„Tak — mange Tak! hvis de ikke ere for kostbare."

„Aa — det skal vi nok blive enige om," mente Professoren; han saa hele Tiden ned i en Skuffe, han havde trukket halvt ud og lod, somom han ledte efter noget. Men i Virkeligheden bankede hans Blod; han nølede, han vaklede; det var første Gang, han skulde være Kjøbmand i det smaa; han følte Grænserne forvirres mellem Ret og Uret, mellem det fuldt reelle og det lidt lurvede.

Men saa kort det end havde været — det Anfald af Skræk og onde Anelser, han havde havt efter Bankchef Christensens Besøg, saa havde det dog efterladt sig et Mærke, en Retning, hans Tanker ikke før havde fulgt.

Var han først Kjøbmand, saa maatte han være det fuldtud; det gik ikke an, at spille den fintfølende Videnskabsmand, naar man vilde hamle op med Christensen & Konsorter. I denne Forblanding laa netop Faren; det maatte han fremfor alt vogte sig for.

Og desuden var der intet at sige paa selve Forretningen. Han for sit Vedkommende tvivlede ikke paa Fortuna: og kunde han i det ene Øieblik kjøbe en Vare og sælge den i det næste lidt dyrere, saa var jo det selve Handelens Princip, — fuldstændig fair play.

Han sagde derfor tilslut i en rolig, velvillig Tone: „Jeg vil overlade Dem disse fem Aktier for et Tusinde og femti Kroner pr. Aktie; det er fem Procent over indbetalt Beløb.

„Staar De ikke høiere?"

Professoren følte idetsamme, at han havde været dum; han kunde forlangt meget mere; men han svarede:

„Jeg tror nok, at hvis man udbad Fortuna-aktier paa Markedet, vilde det vise sig, at de staar høiere, men —"

„Mange Tak! — jeg forstaar; det er meget venligt af Dem;" Morten Kruses Ansigt blev næsten smilende, idet han greb i Brystlommen og trak sin Tegnebog frem.

„Se det kan jeg lige," raabte Professoren, „en kontant Forretning."

Og medens han med forretningsmæssig Langsomhed forsynede hvert

Aktiebrev med sin Transport, talte Morten de fem Tusinde Kroner op ligesaa langsomt i store Sedler; dernæst Overprisen i mindre; det blev 5,250 Kroner.

Professoren skimtede, at der var mere i Tegnebogen, og da han havde lagt Pengene under en Brevpresse og leveret den anden Aktiebrevene, sagde han:

„De har vel anbragt en Del af Deres Kones Formue i Deres Hr. Fars Forretning?"

„Nei — Far siger, det passer ikke i hans Forretning."

„Det kan jeg nok tænke mig," lo Professoren, „Jørgen Kruse har vist Penge nok."

„Tror De?"

„Deres Far er vist meget rig; men han burde jo eie det dobbelte."

„Hvorledes det?"

„Han kunde jo ved at anbringe sine Midler i nye Foretagender sammen med driftige Mænd utvivlsomt opnaa en dobbelt saa stor aarlig Indtægt."

„Tror Hr. Professoren virkelig det?"

Morten gumlede endnu paa dette, mens han knappede sin Frak og tog Afsked.

Men idet de aabnede den lille Dør ud til Trappegangen, fór et skarpt, skjærende Skrig gjennem Huset.

Begge Herrer stansede og betragtede hinanden forvirret, meget flaue ved at tænke paa denne Samtale, der begyndte saa fromt og endte i Procenter og Penge, — især Præsten; han tog paa at kræmte og stamme uden at faa noget istand.

Men Professoren som den ældre gjenvandt sin høitidelige Stemme:

„Siden der ikke kommer noget Bud ovenfra, faar vi haabe, at alt gaar godt; vi faar give Tid og haabe —"

„Netop, hvad jeg tænkte; man faar haabe og bede," sagde Præsten og rakte sin Haand frem; og det var dem begge, idet de saa hinanden ind i Øinene, en Tilfredsstillelse at se, at de gjensidigen tilgav hinanden denne lille menneskelige Svaghed.

Saasnart han var borte, lagde Professoren de 5,000 Kroner i en stor Konvolut, forseglede med sit private Signet og trykkede paa Knappen.

„Marcussen! — giv Christensens Bud dette Brev."

Derpaa tog han de 250 Kroner, talte dem og lagde dem omhyggeligt i sin egen Portemonnaie. Han smilte — ja han smaalo ved Tanken om den forsigtige Christensen, som havde solgt sine Aktier til pari; her havde han i en halv Time tjent 250 Kroner paa de selvsamme Papirer.

Aa jo! — Carsten Løvdahl kunde nok hamle op med dem alle, naar han først vilde.

Rolig og tilfreds lod han sine Øine løbe rundt i Rummet, begyndte ved Vinduerne, hvor Regnen piskede i den forpjuskede Have og endte ved Lykkens Gudinde, som smilede til ham, idet hun halvt svævende rakte ham sin Krans.

Idetsamme hørte han styrtende hurtige Trin i Vindeltrappen; han reiste sig i Angst og Spænding; Abraham kom farende ind — bleg med Ansigtet forstyrret af Sindsbevægelse, Taarerne løb ham nedover Kinderne, uden at han mærkede det; han kastede sig lige i sin Fars Arme:

„En Søn — Far! — alt lykkeligt og vel overstaaet! — en prægtig stor Søn!"

„Tillykke — Gutten min! — tillykke for os alle! — Gud være lovet!"

VIII

Vaaren kom tidligt, men langsomt; det var endnu temmeligt koldt om Morgenen, naar Abraham gik til Fabriken.

Men Luften var frisk og let, og en lykkelig Tid var det for ham. Mens Clara var syg — og det varede længe, boede han i sit saakaldte Kontor, hvor Faderens Bøger stod, spiste nede hos Professoren eller hvorsomhelst og med en Ungkarlefrihed, som han fandt stort Behag i.

Sin Kone fik han derimod sjeldent se, hun syntes ikke om, at han kom ind. Der var foregaaet en Forandring med Clara; hun var bleven eftertænksom og laa helst ganske stille.

Hun havde lidt forfærdeligt; hendes fine og lidet udviklede Legeme var blevet saa mishandlet, at hun syntes, hun kunde aldrig komme istand igjen.

Og det var d e t, hun laa og tænkte paa. Naar hun mindedes, hvad hun havde gjennemgaaet, isnedes hun nedover Ryggen og helt ud i Taaspidsen; og naar hun sovnede i en urolig Søvn, fór hun op og troede, det skulde begynde igjen.

Mange Gange om Dagen spurgte hun, om det var sikkert, at hun blev ganske som før — ganske? Alle mulige Foranstaltninger og Forsigtighedsregler passede hun lydig og taalmodig og huskede, om Doktoren eller Madamen glemte noget. For Ansigtet var hun beroliget, naar hun træt lagde Haandspeilet fra sig; Huden var endogsaa bleven skjærere.

I de første Dage bekymrede Fru Clara sig ikke saa meget om sit Barn. „Hun er for ung; vent bare," sagde Madamen.

Men Faderen kunde hun næsten ikke taale at se; det var somom han mindede hende om hendes Lidelser. Viste han sit Ansigt i Sengeomhænget — smilende og lyksalig, gjorde hun en utaalmodig Bevægelse og bad ham gaa; hun var saa mat.

Og han gik syngende afsted til sin Fabrik, efter at have frydet sine Øine med den lille gulrynkede Klat, som laa i Vuggen. Derude blandt Folkene var han fet i sit Es.

Marcussen var bleven uundværlig inde i Byen paa Kontoret; saa det daglige Tilsyn med Driften tilfaldt Abraham; det ligte han ogsaa bedst; Kontorarbeidet blev ham altid fremmed.

Men at gaa fra Arbeide til Arbeide, snakke lidt med Folkene, spørge efter Kone og Børn og fremfor alt agere en Smule Doktor — det var netop noget for Abraham.

Han var saa glad, naar han fik hjælpe dem i Sygdom eller Ulykkestilfælde; men det maatte gaa lidt hemmeligt, for Doktor Bentzen var Værkets Læge. Imidlertid forstod Folkene snart, at det var unge Løvdahls Ærgjærrighed at være ligesaa god Doktor som Bentzen, og de fandt snart, at han var bedre.

I denne Tid, da Faderglæden gjorde ham saa let om Hjertet og optog saa mange af hans Tanker, følte han mindre Trang til at besøge Grete; og hun savnede ham ogsaa mindre, efterat de havde fortalt hende, at Fru Løvdahl havde faaet en Søn. Abraham nævnte det ikke, da han havde en Følelse af, at det vilde forstyrre hende; men han mærkede godt, at hun vidste det.

Grete var jo ikke udviklet som andre unge Piger; det overdrevne og holdningsløse i Faderens Karakter havde ogsaa gjort hendes Kjendskab til Livet ujævnt og lunefuldt; men nu var hun selv voxen; hun vidste nogenlunde Besked om det, som var foregaaet med Fru Clara, og efter det følte hun mindre Glæde ved Abrahams Besøg.

Grete Steffensen havde lært af sin Far, at Livet er en blodig Uretfærdighed; at nogle faa nyde og Millionerne lide. Naar han rigtig lagde ivei, kunde hun gløde af Harme eller Taarerne strømmede ud af hendes Øine.

Men selv havde hun det godt for sin egen Part. Med alt sit buldrende Væsen var Steffensen igrunden øm mod hende; alle Mennesker havde bestandig klappet hende blødt og sagt: Stakkels Grete! — paa en Maade, som gjorde hende godt.

Hun kunde ikke se, — det er sandt; det maatte være noget vidunderligt med dette Lys, som kom om Morgenen, og som hun følte paa sine aabne Øine. Men Herregud! — saa havde hun det saa godt i andre Maader.

Saaledes var Livet hidtil gaaet for hende; jævnt Arbeide og et let Sind havde holdt hende oppe; nu var hun snart nitten Aar og begyndte at faa gode Kræfter.

Men nu stansede ligesom alt. Dette Barn, som den fornemme Dame havde bragt til Verden, og som fik Abrahams Stemme til at sitre af Fryd, skjønt han aldrig nævnte det, — det forandrede Livet for Grete Steffensen.

Det, Faderen havde forklaret hende: at hun, som var blind, ikke kunde passe et Barn, det blev hende nu til tom Snak. Skulde hun ikke kunne passe sit Barn — hans Barn! — aa! det skulde aldrig forlade hende; hun skulde holde det saa fast, saa fast! — og hun knugede Hovedpuden ind til sit varme Bryst i Nætter fattige paa Søvn, men fulde af Taarer og halvklar Jammer over denne Ungdom, som skulde tørre hen, denne Kjærlighed, som skulde visne til Glæde for Ingen. —

— Forstyrrelsen hjemme i Huset havde ogsaa den Følge for Abraham, at han fik mere Tid til at besøge sine Venner blandt Ungdommen. Han tilbragte især sine Aftener hos Peder Kruse. Vistnok var der en stor Aldersforskjel mellem dem: men Kruse var en gemytlig Fyr, hvis Alder man ikke kunde huske.

„Det er ikke sandt," raabte derfor Abraham en Dag, „du er da ikke 40 Aar endnu."

„Jeg er saamænd 45," svarede Kruse roligt og strøg sit tynde Haar. —

„Det havde jeg aldrig troet; din Moder er da ikke saa gammel."

„Ja ser du, jeg kom nok temmeligt tidligt til Verden," svarede Kruse smilende; „Kvinderne holder sig desuden bedre."

„Aa langt fra! Kvinderne ældes først."

„Ja enkelte; men se nu for Exempel Fru Gottwald —"

„Fru Gottwald!" raabte Abraham, „hun ser da ligesaa gammel ud som du."

„Aa — for Snak, for Barnesnak!" fór Kruse pludselig op. „Fru Gottwald ser Pinedød ligesaa ung ud som din Kone."

Abraham gjorde sig morsom, lod Piben falde af Munden, spærrede Øinene op og raabte:

„Ildebrand i gamle Huse!"

Men da blev den gode Peder Kruse ganske fortvivlet, han skjændte og svor nogle svære Eder.

Han var bleven Fru Gottwalds Leier og boede ovenpaa i de tre smaa Stuer. Hvorfor han var flyttet hjemmefra, hvor Moderen saa gjerne vilde beholdt ham, var der ingen, som vidste bestemt; men Abraham sluttede af et enkelt Ord, at Morten paa en eller anden Maade var Skyld i Flytningen.

Om sin Broder Morten talte Peder Kruse ikke gjerne! derimod havde han meget travlt med sin nye Værtinde, og Abraham fik hvert Øieblik Anledning til at raabe: Brand!

„Aa — hold nu op," sagde Kruse overlegen, „du er slet ikke morsom."

„Ja, men du synes altsaa — alvorligt talt, at hun er ung, smuk og rig — ja for hun er vel rig ogsaa?"

„Nei rig tror jeg dog ikke, hun er," mente Kruse godmodig; „men hun har forresten en Bankbog paa nogle hundrede Kroner?"

„Hvordan ved du det?"

„Jeg har seet Bogen."

„Ser man det! — man er altsaa naaet frem til Pengespørgsmaalet."

„Ja som du ser; men ved du, hvad hun vil med de Penge?"

„Formodentlig kjøbe dig en ny Paryk?"

„Nei — vær nu alvorlig; tænk dig, hun har den fixe Idé, at hun vil opreise et smukt Monument oppe paa Kirkegaarden over sin Søn; — du ved jo, hun havde en Søn — hm! — du kjender Historien?"

Jo Abraham vidste nok det; der gik et Stik gjennem ham som altid, naar han mindedes den lille trofaste Marius og en Buket, som han engang havde faaet. Han blev med engang alvorlig nok og hørte kun halvt paa Kruse, som vedblev at drøfte Fru Gottwalds Anliggender, som aabenbart interesserede ham i høi Grad.

Abraham reiste sig, for at gaa; det var endnu tidligt paa Aftenen; Solen stod lavt i Vest og skinnede indunder de sidste, tunge Skyer, der drev sydover efter en Dags Regnveir. Han fik Lyst til at gaa udover til Grete; hun var saa bleg sidst han saa hende. Peder Kruse gik med, for at friske sig, og som de vandrede udover sagde han:

„Jeg begriber ikke — Løvdahl! — at du kan taale den Steffensen." —

„Han er morsom; der er virkelig mange snurrige Ideer i det Hoved."

„En Frasemager, en gammel Nar."

„Til en simpel Arbeider at være synes jeg —"

„En Arbeider — siger du! kanske du indbilder dig, at en Arbeider nutildags kommer med saadant forlorent Sniksnak. Nei ser du! Steffensen kan have været god nok i sin Ungdom for ti-tyve Aar siden; da var der Brug for Folk af hans Type til at vække Arbeiderne med disse store Ord og velklingende Talemaader. Men Arbeiderne idag ere baade vaagne og ganske anderledes udviklede; derfor gaar Steffensen igjen som en gammel Skraaler, og du ser jo selv, han har ikke den ringeste Indflydelse blandt Folkene."

„De forstaar ham ikke."

„Jo du, de gjennemskuer ham og ler af ham. Der skal ganske anderledes solide Egenskaber til, for at vinde Tillid og Magt blandt vore Arbeidsfolk; de er s'gu komne længer frem end de fleste af os ved."

„Hør du Kruse!" sagde Abraham og smaalo; „nu er vi paa Tomandshaand, og du ved, jeg er i det store og hele taget enig med dig i de fleste af dine og Nytidens Ideer. Svar mig nu oprigtigt: tror du ikke, at du i dit Had til Samfundsstøtterne er tilbøielig til at fiffe dine kjære Smaafolk lidt vel meget op?"

„Jeg tror ikke andet end det jeg ved, og det er, at i dette Land har de øvre Lag staaet næsten stille i et Par Generationer; medens en hel ny Livsanskuelse har forladt Tænkernes og de Boglærdes Stuer, for at trænge sig ind i Samfundet nedenfra som en levende Strøm af brugbar Kundskab om Livet saaledes som det er i Virkeligheden."

„Hvorfor bare nedenfra?"

„Fordi Tiden skræmmer Samfundets Støtter. Deres Presse har saa længe fyldt dem med Anarki og Pøbelherredømme, at bare du kommer med et lidet beskedent Forslag til politisk Frihed eller folkelig Indflydelse, saa tror de strax, der er Tale om at dele deres Penge og prisgive deres Hustruer og Døtre. Men paa den Maade — kan du vel skjønne? lærer de Mennesker ingen Verdens Ting."

Abraham lo.

„Men dine Smaafolk da! hvad lærer de?"

„For det første læser de i k k e Samfundsstøtternes Aviser, hvor hele Verden er stillet paa Hovedet in usum Delphini; døde Tanker garnerede med friske Skjældsord: Fortielse af Tidens virkelige Fysionomi og den daglige Gjentagelse af de gamle Ur-Sandheder, at i Amerika bor Kjæltringerne, i Paris Kommunarderne, Visdommen i Kristiania og Dyden i Stockholm; — det læser de ikke."

„Det er altid noget —" mente Abraham.

„Aa du, det er ikke saa lidet! — Men de læser, hvad næsten ingen af os tænker paa, — de læser og læser omigjen de tusinder af Breve, som Aar om andet strømmer ind til os fra de Norske i Amerika. Ser du, det er en Dannelseskilde bedre end alle Aviser og Bøger. Thi der lærer Folket for første Gang af sine egne, i sit eget Sprog, ud af sit eget Tankeliv — det eneste, et Menneske kan forstaa tilbunds. Og tænk al den Kritik, der ligger i disse Breve over alle vore Forhold fra øverst til nederst, — greie, letforstaaelige Domme og Sammenligninger fra et Søskendebarn eller fra han, Farbror Lars, som var saa troværdig og kjendt med alt."

Abraham lod ham snakke videre og svarede bare med smaa Ord; han var paa en vis Maade veltalende — Kruse, naar han kom i Fart; og der var meget i det, han sagde, som Abraham beundrede.

Men helt ud slutte sig til ham og hans Meninger, det kunde Abraham ikke. Han fandt ligesom ingen Garanti i denne lille radikale Sagfører, som han fra Guttedagene havde lært at anse som en halvt farlig, halvt foragtelig Person.

Da de skiltes udenfor Steffensens Hus, aftalte de et Møde i Arbeidernes Forening, hvor Abraham efter hin Fest havde vundet megen Tillid og Pladsen som Viceformand.

Mens Kruse gik videre og fortsatte sin Tale til sig selv, traadte Abraham ind i den lille Stue, hvor han fandt Grete paa hendes vanlige Plads midt i Arbeidet.

„Du er saa bleg Grete! — er det ikke bedre med dig?"

„Jo Tak, meget bedre; din Medicin smager ikke godt; men jeg synes, den styrker mig."

„Den er vel lidt bitter?"

„Aa — det er ikke saa farligt; kom sæt dig."

„Du har det ikke godt — Grete!"

„Jovist — hører du; hold nu op."

„Aa — jeg vilde ønske —"

„Hvad vilde du ønske?"

„Skulde jeg fortælle dig alt, hvad jeg ønsker - Grete! saa blev det en lang Historie."

„Ønsk og fortæl og lad det blive rigtig langt."

„Først ønsker jeg mig en Haand saa let og sikker som Fars var i hans bedste Tid; saa ønsker jeg mig Held og Mod og saa Held fremfor alt —"

„Hvad saa?"

„Ja — det kan jeg ikke fortælle."

„Nei nu maa jeg le! — det var de dummeste Ønsker, jeg har hørt; men mer! flere dumme Ønsker!"

„Saa vilde jeg ønske, at jeg var paa et Dampskib."

„Aa ja! — hvem skulde være med dig?"

„Der skulde være mange — svært mange; alle Arbeiderne paa Fortuna."

„Hvem fler?"

„Du skulde være der."

„Hvem fler?"

„Din Far."

„Hvem fler?"

„Min Far."

„Hvem fler?"

„Vil du have endnu flere — Grete?"

„Vil du ikke have flere — Abraham?"

„Jeg ved ikke."

„Nu siger du ikke sandt."

„Nuvel! — en til da!"

„Bare en?"

„Bare en."

„En ganske liden en?"

„Javist! — og saa skulde vi —"

„Ikke flere nu — vel?"

„Nei Kjære! — nu er vi s'gu nok ombord: det er ikke saa forfærdeligt stort Skib; men saa skulde vi reise langt bort —"

„men saa faldt alle de andre i Vandet undtagen vi to — nei: vi tre — ikke sandt? Abraham!"

„Ja naar du kan det bedre end jeg, saa er det bedst, du ønsker."

Saaledes gik deres Samtale; men pludselig hørte de et Bulder; det var Steffensen, som kom hjem. Døren sprang op for et Spark, og ind kom der en Bylt olieflækkede Lærredsklær, derpaa en Værktøiskasse og sluttelig Steffensen selv — rød i Hovedet, Hænderne dybt i Lommen, Øinene langt paa Stilk, men taus, taus som en Kanon, før den gaar af.

Grete slap sit Arbeide og tog Tag om Abrahams Arm:

„Far! — du er opsagt?"

„Ja!" — buldrede det første Skud, „jeg er opsagt i utide, med Haan. Steffen Steffensen, som udtrykkelig blev indkaldt fra Kristiania, for at stelle med disse Fillemaskinerne, som ingen her forstod — jeg er sparket ud! Men altsammen fik gaa an; jeg kjender jo den simple Arbeiders Lod og jeg kjender Blodsugerne; der var ikke bedre at vente; men en Ting brænder mig paa selve Sjælen — ved du, hvorfor jeg er opsagt — Grete!"

Han stillede sig midt foran de to, og først da kom han i sit Sindsoprør til at sanse, hvem Abraham var.

„Ja se der har vi jo en af de høie Herrer — hvad siger De? han kan fortælle dig det, — spørg ham Grete! — saa kan du faa vide, hvad der er iveien med Far din."

„Jeg ved ikke noget om dette — Steffensen! og jeg kan ikke rigtig tro, det er muligt," svarede Abraham; han var selv bleven bleg, og Vreden steg hurtigt op i ham over, at Direktionen eller hans Far alligevel havde gjort dette uden at konferere med ham.

„Ja ved De ikke noget, saa skal Pinedød baade De og andre faa vide noget. Jeg er jaget uden lovligt Varsel og uden at man engang gjør sig den Uleilighed at finde et Paaskud, man har sagt mig lige ud, at det er for respektstridig Opførsel — hører I! — hvad siger De!" — Manden blev ganske kobberrød og Øinene vilde næsten springe ham af Hovedet:

„tænke sig, at for det første skal man taale, at de eier altsammen, Jorden her og Himmelen hisset — lige til disse fordømte Maskiner, som en gaar der og steller og passer saa omhyggeligt, som var det ens eget Kjød og Blod, og saa forlanger de ovenikjøbet, at man skal respektere dem! — hvem? — Marcussen — det Svin! Løvdahl —"

„Hys Far."

„Hør Stelfensen!" sagde Abraham og reiste sig op; „jeg er enig med Dem; dette er aldeles uforsvarligt handlet af Direktionen, og jeg giver Dem mit Ord paa, at De skal faa fuldstændig Opreisning."

Denne Tale forvirrede Stelfensen; men Grete raabte glad:

„Se saa — Far! kom nu hen og vær rolig; du hører, Bestyreren vil greie det hele."

Steffensen syntes mest tilbøielig til at buldre løs igjen; men han imponeredes af den Sikkerhed, som var kommen over den unge Bestyrers Væsen, og da Abraham var gaaet, brummede den Gamle:

„Kanske der alligevel bor noget i den Kroppen."

„Ser du nu!" raabte Grete triumferende, „du, som altid har sagt: han er akkurat som de andre."

Steffensen saa paa hende og sagde: „Hvis du nu alligevel blev skuffet? Grete!"

„Ja, saa maatte jeg vist dø," svarede hun stille.

Men Abraham gik til Byen i Stormskridt. Nu skulde der være Opgjør. Direktionen skulde samles, han var ikke bange. Han vilde tale frit ud; ikke skulde det siges om den Fabrik, hvor han var Bestyrer, at duelige Folk blev jagede, fordi de ved en Fest talte Ord, som de Store ikke ligte.

Og først skulde Kampen staa med Faderen. Nu kunde det være nok med den sønlige Ærbødighed; sin Ret som voxent Menneske vilde han kræve. Saa udmærket som hans Far var i alle Dele, saa kunde det dog ikke nægtes, at dette Liv blandt Pengemenneskene havde forandret ham ikke saa lidet.

Ogsaa det vilde Abraham sige — aabent og ærligt uden Hidsighed, og forøvrigt fastholde, at Steffensen beholdt sin Post og fik Opreisning.

Han gik og øvede sig paa sin Tale til Faderen, og da han kom til Byen, var den færdig; den skulde begynde saa: Far! jeg kommer, for at kræve min Ret som voxent Menneske.

Professoren var ikke hjemme, og strax gjennemfór der Abraham en Mistanke, at Faderen var forberedt og vilde unddrage sig den første Hidsighed; thi de havde talt saa ofte om Stelfensen, at Professoren m a a t t e vide, at dette vilde krænke Abraham.

Pigen sagde, at Professoren var ovenpaa; Abraham gik opad Trappen: nu blev det værre; han skulde holde Opgjør i sine egne Stuer, hvor der maatte være saa stille for den Syge, og hvor den festlige Ro omkring den Nyfødte gjorde det vanskeligere at bruge haarde og skarpe Ord.

Men det fik ikke hjælpe; nu skulde det ske; han skulde engang vise dem, at naar det først gjaldt, besad han baade Mod og Vilje.

I Forstuen laa der en fremmed Hat og Stok; men han tænkte ikke over det, og gik med faste Skridt ind i Dagligstuen.

Her kom hans Far imod ham fra Soveværelserne. Professoren hævede Haanden og vilde sige noget; men Abraham begyndte strax — dæmpet, men alvorligt:

„Far! — jeg kommer, for at kræve min Ret —“

„Hys! hys! for Guds Skyld — Gutten min! snak ikke saa høit,“ hviskede Professoren og trykkede ham ud igjen i det forreste Værelse.

„Jeg skal være rolig — Far! og tale sagte; men nu skal du høre mig.“

„Ja ja! — kjære Abraham! men i dette Øieblik —“

„Jeg kan ikke vente længer — Far!“

„Men Bentzen er derinde alene.“

„Doktoren?“ — Abraham huskede med en Gang den fremmede Hat, „hvad gjør han her?“

„Jeg vilde ogsaa sendt Bud efter dig; men jeg vidste ikke, hvor du var.“

„Men Gud!“ raabte Abraham; „hvad er her da paafærde? er Clara syg?“

„Nei, nei! Clara tager det roligere end ventendes:“

„Hvad er det da Far! — svar!“

„Jeg troede, Pigen havde sagt det; det begyndte med, at han blev saa —“

„Han! — er det lille Carsten? Far! — Far! det er vel ikke Krampe?“

„Nei Gutten min! Krampe er det ikke; det vil sige —“

„Du er ikke vis paa det! — aa Far! lad mig komme ind, lad mig se ham.“

„Nei nei! — vær nu rolig! — jeg skal gaa ind; muligvis er det hele bare lidt Feber.“

„Gaa ind Far! Skynd dig og kom igjen og fortæl mig. Herregud! — om vi skulde miste ham!“

Han stod ved Vinduet, mens Faderen var inde i Soveværelset; han stod og saa ned i den gamle indelukkede Have, hvor han havde leget som Barn; Plainen grønnedes og Lindetræernes Knopper svulmede.

Men intet Minde, ingen Tanke fik Plads i hans Hoved undtagen denne ene Skræk, der i hans letrørte Fantasi voxede fra en ond Anelse til en halv Vished; det maatte saa være, han skulde miste ham. Intet var rimeligere; svag og ualmindeligt liden var Gutten, og med Besvær var han kommen til Verden. Døde ikke friske og normale Børn i massevis i den Alder! nei — der var ikke Haab, han følte det saa tydeligt.

Pigen kom fra Kjøkkenet, for at melde, at nu var der varmt Vand, og Professoren gik ud, for at gjøre Badet istand; idet han passerede Abraham, sagde han beroligende: „det gaar bedre."

Men Abraham troede ikke paa det; og Tiden gik; ude i Kjøkkenet hørte han dem slaa Vand i Stampen; men inde hos lille Carsten var der ganske stille, ikke den mindste Lyd af Haab.

Doktor Bentzen kom ud.

„Nu Doktor?" — Abraham troede, at alt var forbi.

„Aa — det gaar godt, rigtig godt —" svarede Doktoren; og da Pigen og Professoren idetsamme kom bærende med Guttens lille Badestamp, sagde han:

„Jeg tror aldrig, vi behøver Bad — du Løvdahl! Pulsen er nu ganske normal — lidt svag; men ellers er Barnet fuldstændig roligt."

Begge Lægerne gik ind igjen, og Abraham blev staaende foran den rygende Stamp og lyttede; han kunde endnu ikke faa Mod til at haabe; Pulsen var svag — sagde Doktoren.

Efter en lang, lang Stund kom de to ud igjen; de listede sig ganske sagte og holdt paa Dørklinken; Abraham vendte sig mod dem med et Spørgsmaal i hver Mine i sit forstyrrede, angstfulde Ansigt.

„Han sover; al Fare er forbi," hviskede Professoren.

Abraham kastede sig i hans Arme og brød ud i Hulken, saa de maatte føre ham længer bort.

Da han var kommen nogenlunde i Ligevægt igjen, sagde Doktor Bentzen, som styrkede sig paa et stort Glas Portvin:

„Jeg skal betro dig noget, — min kjære Abraham! naar vi blive Bedsteforældre, saa blive vi meget ængstelige af os; især, naar det gjælder en liden Sønnesøn, som skal bære vort høiagtede Navn."

„Ja bagefter kan du nok være modig," mente Professoren.

„Aa — du kunde s'gu godt ladet mig være i Fred i Klubben — Professor! det hele var ikke andet end lidt Feber og saa kanske en Smule Maveknib," dermed tømte han sit Glas og sagde Godnat.

De fulgte ham ned og blev staaende en Stund paa Trappen. Det var blevet sent, Gaden var tom, Aftenen smuk og mild efter Regnet, og de følte sig alle mer og mindre lettede efter Sindsbevægelsen.

Men endelig sagde Professoren:

„Nu — Godnat! nu vil jeg se at komme iseng; jeg er saa træt som efter en hel Dags Praxis i gamle Dage."

Bentzen gik og de lukkede Gadedøren.

Men da de stod igjen i Mørket, sagde Professoren:

„Ja det er jo sandt! nu husker jeg, der var noget, du vilde tale med mig om — Abraham!"

„Nu er du træt — Far!"

„Men det forekommer mig, at det var noget meget vigtigt —"

„Javist; men nu er jeg ogsaa — sandt at sige — træt; det faar være til imorgen. Godnat Far! — og Tak for idag."

Steffensen? — Steffensen! hvor var han ikke umaadeligt langt borte fra Abrahams Tanker; og hvorledes ialverden kunde han for en saadan Sags Skyld tænkt paa at sætte sig op mod sin Far — mod en saadan Far! — han vilde naturligvis tage sig af Sagen og greie den — imorgen; men det kunde jo gjøres i al Ro og Besindighed.

Paa Tæerne listede han sig ind i Soveværelset! Clara sov — bleg og smuk i den store Seng; og lille Carsten sov ogsaa med smaa Snøftninger i sin lillebitte Næse og smaa Rykninger i sine tynde Fingre, der lignede pillede Ræger, men af de allertyndeste.

Da gik ogsaa Abraham tilhvile og sov som en Patriark til den lyse Morgen.

Noget ubehageligt plagede ham, strax før han vaagnede; det var Steffensen. Men han skjød ham tilside, ringede og spurgte Pigen, hvorledes det stod til derinde.

Jo Tak — baade Fruen og den Lille havde havt en god Nat.

Det var jo det vigtigste; det andet skulde nok ordne sig. Efterat han derpaa havde sagt Godmorgen til Clara og personlig forvisset sig om, at den Lille med Rægerne var i god Behold, gik han ned til Frokost.

Ved Bordet begyndte Professoren strax: „Jeg tænkte senere igaaraftes over, hvad det vel kunde være, du vilde snakke med mig om; og jeg gjættede tilslut paa Steffensen."

Abraham indrømmede, at saa var det; og nu begyndte Professoren — alt mens de spiste at udvikle Sagen.

Direktionen havde enstemmigt forlangt hans Afsked; Manden var ikke uundværlig; hellerikke var han saa fattig som han lod; han havde Sparepenge — sagdes der; dertil kom, at han var en yderst besværlig Herre — utilfreds og ildesindet; mange Klager forelaa fra andre Arbeidere; en havde endog slaaet paa, men det var rigtignok bare mundtligt, at der forsvandt Olie i Maskinhuset; Abraham forsvarede Steffensens Sag med Varme men i al Ro og Besindighed; og Professoren var villig til at indrømme en hel Del, — især var han enig i, at det var taabeligt at tale om respektstridig Opførsel; det maatte være noget, Marcussen havde — fundet paa.

Men paa den anden Side maatte Abraham ogsaa give sin Fader Ret i, at han ialfald ikke havde kunnet handle anderledes. Vilde Abraham henvende sig til Direktionen i denne Sag, saa stod det ham jo frit for; men Professoren vilde af mange Grunde fraraade det.

Abraham vilde betænke sig; og derved blev det.

IX

Den ufortrødne Madame Kruse begyndte at henfalde i Grublerier, hvilket hun aldrig havde gjort før. Men med Aarene og de gode Dage fik hun bestandig mindre og mindre at bestille og bestandig længere og længere Strømpeskafter at strikke; og det er, naar de sidder over Strømpeskafterne, at de grubler — de gamle Koner.

Hvad der især løb rundt i Madame Kruses lille kloge Hoved, var en stadigt øgende Forundring over Ungdommen nutildags; men hun undrede sig ikke som andre gamle Koner over Ungdommens Letsindighed og Daarskab; hun kunde tvertimod ikke forstaa, hvorfor de unge Mennesker vare blevne saa tunge og gjorde sig Livet saa surt.

Hun tænkte nærmest paa sine egne; andre kjendte hun ikke stort til. Peder var hendes Øiesten; hvis han havde giftet sig, vilde han været uden nogensomhelst Plet eller Lyde; men noget friskt, ungdommeligt havde der aldrig været ved ham — det maatte hun indrømme.

Og saa Morten og endmere Fredrikke!

Her sænkede Madame Kruse Strømpeskaftet og lod det hvile en lang Stund paa Fanget, medens hun tankefuld stirrede fremfor sig uden at se.

De var dog de besynderligste unge Mennesker, nogen kunde tænke sig. Havde de nogen Fornøielse? — hørte man nogensinde, at de glædede sig over noget? — aldrig en Spøg, — aldrig en frisk Ungdomslatter.

Morten var Præst; — naa ja — Herregud! — hun havde saamænd kjendt mange Præster ligesaa gode som han, der ikke var bange for lidt Spøg og Munterhed.

Og saa Fredrikke! — skulde noget Menneske tro, at hun var en nygift Kone paa 24 à 25 Aar!

Madame Kruse mindedes sin egen Ungdom! hvor de morede sig dengang, hvor de lo — lo og arbeidede, for det gjorde de. Og deres Fornøielser var ikke saa kostbare, de skulde ikke ruinere nogen; Fornøielsen — den største — var at være ung, og den havde de gratis. Ellers var alt tarveligt; de vidste ogsaa, hvad det var at spare; — her tog Madame Kruse ivrigt fat paa Strømpeskaftet, for at bortstrikke de Tanker, som nu vilde frem. —

Da Velstanden i Huset var begyndt at øge til henimod Rigdom, havde Madame Kruse en Søndag i Kirken hørt Provsten Sparre, som nu var

Biskop, prædike over den Text: ei Guld, ei Sølv, ei Kobber skulle I have i Eders Bælter.

Det var midt paa Sommeren og langt til Offerdag, saa at Provsten tog Rigdommen og de Rige alvorligt fat; og somom han med en Gang vilde gjøre sig færdig med den Ting for Aaret, samlede han i sin Præken alt det, der staar skrevet om Rigdommen, baade de to Kjortler og Ynglingen, som havde meget Gods, den rige Mand og Lazarus, Kamelen og Naaleøiet — det var der altsammen.

De, som omgikkes og kjendte Provsten, vidste vel, at denne Tale mere var til Trøst for de Fattige end til Tugt for de Rige; men Madame Kruses ærlige Sjæl blev denne Præken uforglemmelig.

Hun talte med sin Mand, da de kom hjem fra Kirken; men Jørgen havde ikke netop tænkt paa sig selv under Prækenen, efterdi han ingenlunde syntes, at han var saa rig endnu.

Men nu forklarede hun ham, at de for længe siden var rige nok til at være udsatte for Rigdommens Fristelser; og da Jørgen altid kom tilkort i Debatten, maatte han finde sig i større Udgifter og mindre Kniberi.

Siden den Tid var Madame Kruse paa Post i sit eget Hjerte, og hun passede ogsaa paa sin Mand saa godt hun kunde. Men han havde nu sit uigjennemtrængelige Smuthul ude i den mørke, gamle Krambod, hvor Formuen var tjent sammen Skilling for Skilling med knebne Maal og snau Vægt, og der blev det nok ved at gaa omtrent som før. Den væsentligste Forbedring med Jørgen var nok helst, at naar Aaret havde været rigtig godt, kunde han maale Julegaver og Præsteoffer lidt rigeligere.

Men for sit eget Vedkommende undgik hans Kone Gjerrighedens Fristelse, som ellers laa saa nær for hende, der selv møisommeligt havde været med at slæbe sammen. Og paa samme Tid som Madame Kruse fik baade Hjerte og Penge tilovers for alverdens Trang omkring sig, luftede hun ogsaa Huset og Stellet for al den Pinagtighed, som var fulgt med fra de fattige Tider; og Jørgen, som altid havde været tyk, han rundede sig nu endnu mægtigere i nye Klær og rene Kraver, glinsende af god Mad og god Behandling.

Han vovede ikke at knurre over Udgifterne; havde igrunden hellerikke Lyst til det; thi han befandt sig vel. Og desuden havde han fra gammelt af en saadan Tillid til Amalie Cathrine, at om hun havde forgyldt Gadedøren, havde han bare sagt:

„Ja Mor! — du maa vel mene noget med det."

Hun forgyldte imidlertid ikke Gadedøren, men hun pyntede og pudsede lidt efter lidt, Aar efter Aar, indtil de tørre, nøgne Stuer fik Liv med Gardiner og Gyldenlakker, Tæpper og magelige Stole, medens de stive gammeldagse Træstole maatte ud i Spisestuen eller ovenpaa.

Madstellet forandrede sig ogsaa. De var begyndt med en Spegeknog, som laa paa bare Bordet, og hvoraf de vexelvis skar sig et Stykke, som de holdt i Fingrene og bed af.

Nu var Madame Kruse kommen saa vidt i sin Udvikling, at hun var bleven ærgjerrig i Retning af Damask; hendes Duge og Servietter skinnede omkap med Sølvgafler og blankpudsede Knive; Huset var blevet som det skulde være: et jævnt, solid Velstandshus.

Hvorfor skulde hun nu paa sine gamle Dage stanse og vende tilbage til de trange Tiders Pinagtighed? — mon det virkelig kunde være Vorherres alvorlige Mening, at hver eneste Skilling skal vendes saa utalligt mange Gange, at man bestandig skal være som brændt for, at ikke den mindste Smule skal gaa tilspilde?

„Aa langtfra! det mener han slet ikke," sagde Madame Kruse halvhøit og trak ivrigt i Strømpeskaftet, saa det blev en umaadeligt lang tynd Pølse.

Og det var dog det, man forlangte af hende — ikke ligefrem, men i hundrede smaa Antydninger — baade Morten og især Fredrikke. I Begyndelsen brød hun sig ikke videre om det; men efterhaanden kunde hun ikke lade være at føle en liden skjult Braad i næsten hvert Ord, de Unge sagde. Hun svarede ingenting, og længe troede hun ikke, nogen anden mærkede det, indtil Peder en Dag pludselig sagde:

„Du Mor! — jeg har leiet tre smaa Værelser ovenpaa hos Fru Gottwald."

„Men Gud — Peder! hvorfor vil du flytte hjemmefra."

„Synes ikke Mor, jeg er gammel nok?"

„Snak Peder! tror du ikke, jeg ser paa dig, at du har en anden Grund?"

„Ja det har jeg ogsaa; og vil du vide, hvad det er for en, saa er det, fordi jeg ikke længer taaler Mortens Stiklerier."

„Gud bevare Munden din — Peder — har du ogsaa mærket det?" — Madame Kruse saa sig uvilkaarligt om i Værelset; „men det er ikke noget at bryde sig om; han mener ikke noget ondt med det."

„Saa? — er Mor saa vis paa det? han har nu hver eneste Søndag Middag talt om Husleie, hvor høi den er, og hvor godt de har det, som slipper at betale den; og saa stemmer hun i — hun Sparebøssen hans! —"

„Hys — hys — Peder! du er saa fæl til at snakke. Fredrikke er rigtig en flink Kone. Og du skal ikke bryde dig om Morten; han er lidt underlig, og du ved, du vilde gjøre mig en stor Sorg ved at flytte."

„Ja det vidste jeg jo Mor! og derfor har jeg taalt det i det længste; men i Søndags, da du var gaaet ud, spurgte han mig, hvad jeg troede, I kunde faa ileie af mine to Værelser ovenpaa, hvis jeg nogensinde flyttede."

Madame Kruse blev rød i Ansigtet: „Og det sagde Morten til dig —

Peder!"

„Ja tror du, Kapellanen generer sig?"

„Han er jo Præst — ser du —" mumlede Moderen uvis; og denne Tanke afvæbnede hende hver Gang; hun kunde ikke gjøre mere ved Sagen, og Peder flyttede.

Men saa tog hun sig for at ordne hans nye Leilighed; alle hans gamle Møbler og hvad han ellers behøvede flyttede hun hen til Fru Gottwalds Hus; og det var en Fryd for hende at se, hvor hyggeligt han fik det.

Da Fru Fredrikke næste Gang kom til Svigerforældrene med sin Mand, for at spise Middag, sagde hun med sit lille sure Smil:

„Naa! —— her har jo været Skifte, — hører jeg."

Det gik i Madame Kruse; men hun svarede roligt:

„Hvad mener du med det? — Fredrikke!"

„Aa det var bare, fordi jeg saa en saadan Mænge Flyttegods, som kjørte herfra i hele forgaars."

„Kjære! — det var jo Peders Møbler — kan du vide."

„Naa saaledes; jeg vidste ikke, at Peder skulde have hele Møblementet; vidste du det Morten?"

„Nei men Fredrikke! hvorledes kan du snakke saaledes," raabte Madame Kruse og prøvede at le, „det var naturligvis bare de Møbler, han altid har havt oppe i sine to Stuer."

„Nei — undskyld Mor! d e t var det ikke."

„Men jeg forsikrer dig — Fredrikke! —"

„Ja Mor behøver jo ikke at gjøre mig Regnskab; men det mørke Mahogni-Spillebord — det har da staaet i Forstuen, ialtfald saalænge jeg har været i Huset."

„Ja — det Spillebord! — ja det har du Ret i Fredrikke!" svarede Madame Kruse meget flau; „der var kanske nogle andre Smaating ogsaa; men det kom at, at han fik tre Værelser og saa blev der lidt tomt og saa —"

„Ja Kjære! — det kommer vist ikke mig ved, hvad Mor giver bort; men saa skal bare ikke Mor paastaa, at Peder kun fik sit gamle Møblement med sig; Ret skal være Ret, det er bare det, jeg vil."

Madame Kruse pressede Munden sammen; hun vilde ikke sige noget. Og dog vidste baade hun og de andre, at de Nygifte havde faaet en rigelig Sum af Jørgen Kruse til Møblement; mens det gamle Skrammel, Peder fik med sig, ikke var Fjerdeparten værd.

Alt dette vidste Madame Kruse, og hun vidste endvidere, at om hun nu taug, saa vilde Fredrikke blive endnu dristigere næste Gang, og alligevel sagde hun ikke et Ord.

Hvorfor? — hun vilde ikke vække Ufred; desuden var hun lidt bange for disse to, der holdt saa tæt sammen; han var ogsaa Præst.

Men hun vidste ikke selv, at den sande Grund, hvorfor hun undgik al Kamp, var den, at hun var for fintfølende til at stige ned til dem, og det mærkede de og benyttede sig af det. —

Morten var forresten saa klodset, at han ikke kunde faa anbragt saa mange behændige Smaahug som Fredrikke, men han støttede hende ved at sidde der saa tyk og enig.

Det eneste, han af sig selv kunde finde paa, var at lade, somom Moderen altid tilsidesatte ham for Peder. Men var der noget, som gik Madame Kruse til Hjerte, saa var det netop dette. At gjøre Forskjel mellem Børn var noget af det styggeste, hun kunde tænke sig.

Og det allerværste var, at hendes Samvittighed netop paa dette Punkt ikke var ganske fri for at forurolige hende.

Han var jo født i den onde Tid — Peder; og meget havde hun tænkt, mens hun gik med ham — ugift og uvis om, hvordan dette skulde gaa.

Hvad Under da, om dette lille svage Barn, som havde fulgt hende gjennem Skam og tungt Slid, kom til at fylde hendes Hjerte saa helt, at der kanske ikke blev fuldt saa megen Plads for den lille Tyksak, som kom saa længe bagefter.

Men det var Uret — stor Uret, om nogen vilde sige, at hun ikke elskede Morten ligesaa høit, naar det kom til Stykket; og endmere Uret var det, om nogen vilde paastaa, at hun i Ord eller Gjerning begunstigede Peder paa Broderens Bekostning.

Det gik tvertimod saaledes til: af Frygt for at vildledes af nogen hemmelig Tilbøielighed overøste hun Morten med Velgjerninger, strikkede og spandt, bagte og saltede for hans Hus; medens hun var ganske ængstelig, naar hun i al Hemmelighed stak et Par Strømper til Peder.

Men enten det var Strømper, eller om det kunde være en eller anden Ubetydelighed fra Huset — en Skammel, et lidet Speil eller noget sligt, som hun havde faaet Lyst til at forære Peder i hans nye Bolig, — hun kunde være saa vis paa, at saasnart Fredrikke næste Gang kom indenfor Døren, saa faldt hendes Øine Strax paa den tomme Plet, om den var aldrig saa liden; og saa kom det sure lille Smil og en liden sylspids Bemærkning, som gik lige i de saareste Trevler af Madame Kruses gamle Hjerte.

Lidt efter lidt blev det saaledes, at Madame Kruse maatte føre en liden daglig Kamp for at holde Huset i det jævne Velvære, hun havde indført i de senere Aar. Selv gamle Jørgen mærkede det og blev saa modig, at han gryntede lidt for Vinen til hver Søndag. Men se det blev nu Amalie

73

Cathrine for galt, og han fik da sit Pas saa grundigt paaskrevet, at han ikke kom igjen mere; værre var det med Fredrikke.

En Søndag sagde den unge Præstefrue:

„Jeg tror virkelig, Mor koger en halv Ko hver Søndag til denne Suppe."

„Ja, men saa er den ogsaa saa stærk, at jeg kjender den i Rygmarven hele Ugen; lad mig faa en liden Ske til — Mor."

Det var Peder, som pleiede at komme sin Moder tilhjælp, naar det trak op til en Scene. Men Fredrikke lod sig ikke føre af Sporet; hun kastede et hurtigt Blik paa sin Mand, som sad ved Siden blegfed og slap, men meget værdig.

Der var idetheletaget en overraskende Ulighed i det Ydre mellem disse to indvortes saa overensstemmende Ægtefæller; thi medens Morten bestandig blev sværere, var Fredrikke bleven ganske mager efter Brylluppet. Det ungdommelige i Udtrykket, som havde afrundet de noget skarpe Træk, havde hun mistet; og hun havde faaet noget fugleagtigt ved de runde Øine og Næsen, som var bleven tør ogspids.

Efterat hun altsaa havde styrket sig med et Blik paa Morten, fortsatte hun i den venlige og overbærende Tone, som kunde bringe Peder i Raseri:

„Aa ja! — naar man synes, man har Raad til det, og ikke har nogen Tanke for de mange Munde, som kunde været mættede med alt det Kjød, som her er kogt bort, for at skaffe os en unaturlig — ja jeg kalder det en unaturlig stærk Suppe — ikke sandt? — Morten! — og jeg finder det ligefrem urigtigt at sløse saaledes."

Det priklede og piblede i Madame Kruse; hun vidste ad Kjøkkenveien god Besked om, hvad de Fattige pleiede at faa hos den unge Præstefrue; men hun kunde ikke bekvemme sig til at nævne sin Velgjørenhed og hvad hun gjorde med det kogte Kjød; derfor sagde hun venligt, men lidt dirrende i Maalet:

„Hvorledes laver du Kjødsuppe? — lille Fredrikke! — lad mig lære det."

Fredrikke blev lidt forvirret:

„Ja det er jo ikke ofte, vi har Raad til at spise Kjødsuppe; men forleden Uge eller kanske var det Ugen før, da fik du Kjødsuppe — Morten! ikke sandt? kan du ikke huske, du syntes, den var saa god?"

„Den var kanske vel saa god som Moders," svarede Morten høitideligt.

„Se — det glæder mig," svarede Madame Kruse og rettede paa sin Kappe; „og hvad var der saa i den Suppe? — lille Fredrikke."

„Jo der var rigtig god Kalvekraft og saa en fuld Ske Liebig og saa en brun Jævning."

Men da brast Madame Kruses Taalmodighed. Var der noget, hun som gammel, solid Madmoder hadede og foragtede, saa var det saadanne sammenlavede ureelle Retter og bare Lyden Liebig kunde bringe hende i Affekt.

Hun vendte sig lige mod sin Svigerdatter og sagde raa ivrigt og indtrængende, at hendes Kappestrimmel sitrede deraf:

„Ja ved du hvad — Fredrikke! — saa takker jeg rigtignok den gode Gud, at jeg ikke skal spise saadant noget Søleri."

Peder busede ud i en hjertelig Latter; gamle Jørgen, som altid forstod længe bagefter, saa fra den ene til den anden; men Fredrikke sad et Øieblik stum; Vreden tumlede Ordene rundt for hende, saa hun ingenting fik frem, Morten — den Klodrian kom hellerikke tilhjælp, og pludselig brast hun ilydelig Graad og styrtede ud af Spisestuen.

Morten var bleven bleg; han sagde strængt og bebreidende:

„At Mor har Hjerte til at mishandle den stakkels Fredrikke saaledes."

Javist var det galt, det var rent galt; men det fór hende saadan af Munden, mente Moderen; hun havde allerede glemt, hvorledes det var kommet, og havde bare Følelsen af, at hun havde været lei mod Svigerdatteren. Og Enden blev, at hun maatte gaa fra Bordet, for at opsøge Fredrikke, som hun fandt hulkende paa Sofaen i Dagligstuen; og der maatte den Gamle gjøre mange Undskyldninger for at formilde hende og faa hende ind tilbords igjen.

Men denne Begivenhed blev for Fru Fredrikke et uudtømmeligt Arsenal, hvorfra hun hentede mangfoldige Syle til at stikke i sin Svigermoder; og dennes Anger var saa oprigtig, at hun tog imod som en retfærdig Straf.

Imidlertid blev Følgen af alt dette, at gamle Madame Kruse blev ængstelig og usikker i sit eget Hus; hun foretog sig snart ikke den mindste Ting, uden at hun tænkte ved sig selv: hvad vil Morten og Fredrikke sige til det? — og lange Stunder sad hun og grublede over sit Strømpeskaft.

Men altid fór hun iveiret og satte Pinderne i Gang, naar det store Spørgsmaal dukkede op: hvorledes kunde det staa til med Morten — han, som skulde være en Herrens Tjener, og som dog vitterligen — det kunde hun ikke længer skjule for sig selv — som vitterligen var henfalden eller ialfald stygt paavaie til at henfalde i Gjerrighedens Last? — hvorledes kunde dette rime sig sammen? — Skulde hun give saadan Tanke Rum i sin Sjæl, at hendes Barn var en forhærdet Hykler? nei — nei! saa kunde det ikke være; han maatte ved Djævelens List være blind for den Fare, som truede ham.

Var han bare ikke saa steil, saa pantsersikker i sin Præsteværdighed, saa skulde hun nok hjulpet ham; hun havde jo hin Prædiken af Provsten

Sparre indgravet i sit Hjerte.

Men han var som et stort høit Jernskib og hun som Kjærringen i Baaden, — hun kunde ikke lægge sig jævnsides og raabe over til ham, at der var Skjær for Bougen. —

— Naar man ser en gammel Kone — rynket og renstrøget i en Lænestol med et Strømpeskaft, Stuen lun med Gyldenlakker og skraa Solstriber indover Gulvtæppet, saa har hun det rigtig godt — den Gamle.

Og skulde hun alligevel ryste sine Kappebaand og sige: Jaja! Ungdommen kan være glad og let; vi Gamle har tungt at bære, — saa vilde kanske den uærbødige Ungdom tænke som saa: Det gamle Hylster! hvad har hun at klaget — sidder der i en fredelig Krog, færdig med Livets Strid og Skuffelser, strikkende ubekymret paa sine Minder, indtil Solen gaar ned.

Og alligevel! saa mangt gaar rundt i et saadant gammelt Hoved; og det kunde hænde, hun bærer saa tung en Bylt af Livets Bitterhed som hun sidder der i Gyldenlakker og Solstriber, rynket og renstrøget — en gammel Kone, som grubler over et Strømpeskaft.

X

Der ruller en Strøm af Guld mellem Landene. Hvor Verdenshandelen flytter de store Værdier, flyder den i et bredt, mægtigt Leie, og til alle Kanter i talløse Forgreninger gaar de gyldne Smaastrømme ud til de fjerneste Afkroge af Verden.

Men oppaa Strømmen i rastløs Uro hvirvler sig Vexlernes blaahvide Skum.

Det syder og rasler og spreder sig stribevis udover den hele Jord; øger af sin egen Fart, deler sig i nye Striber og løber frem og tilbage i ustanseligt Jag.

Men synker den store Guldstrøm derude, saa iler de smaa gyldne Aarer tilbage fra Verdens Afkroge. Somom selve Jorden havde suget sit Guld til sig igjen — saaledes forsvinder det, — først i de fjerneste smaa Kanaler, siden nærmere og nærmere, indtil selve den store Aare skrumper ind og ligesom stivner til Is.

Men just naar en saadan Istid nærmer sig, bliver Vexlernes Hvirvel vildere og vildere. Den skummer og øger, stiger og stiger som en Flom, naar op til Huse, som før stod høit paa det Tørre, presser en smal, langagtig Strimmel Papir indenfor Døren, en til — en til, bestandig fler og fler, indtil Døren giver efter, og de løste Vande skyller henover Huse og Haver, Marker og Eiendomme, ødelægger stort og smaat, sønderriver, splitter og spreder for alle Vinde Menneskers Flid og Menneskers Kjærlighed, og bagefter er ikke andet levnet end Anger og Skam, Ydmygelse og Selvbebreidelse, Forbandelser og Tanker. —

— Ikke engang Bankchef Christensen anede, at en Verdenskrise var forhaanden; men hans usvigelige Næse begyndte at veire, at den ægte uforfalskede Guldlugt blev svagere og svagere paa visse Punkter.

Derfor havde han en haard Kamp at bestaa ikke blot med sin Kone, men ogsaa med sine Kollegaer i Bankbestyrelsen. Christensens Bank — som den hed i Folkemunde, var grundet af de første Kjøbmænd i Byen og blev samvittighedsfuldt brugt bare til Ringens egen Hjælp; men Christensen — den egentlige Stifter og Ophavsmand beholdt altid en stor Overvægt i Bestyrelsen. Det fortjente han ogsaa, fordi han i den første vanskelige Tid havde ofret baade Tid og Flid, for at arbeide Banken op.

Deraf kom det ogsaa, at man blev ved at kalde ham Bankchef endogsaa længe, efterat der var ansat en lønnet Funktionær, som besørgede den daglige Forretning. Men man sagde om Christensen, at han ikke kunde leve uden at snuse indom i sin kjære Bank et Par Gange om Dagen.

Den Kamp, han nu bestod med sine Medbestyrere, var angaaende de saakaldte Fortunavexler. Christensen havde sat sig i Hovedet, at han vilde have dem ud af Banken; de skulde indfries, efterhaanden som de forfaldt og ikke fornyes.

Dette udtalte han imidlertid ikke aabent; han var en altfor samvittighedsfuld Kjøbmand til at ville svække et Foretagendes Kredit — allermindst saalænge han selv havde Aktier. Men han lirkede saa smaat med Hentydninger og tilsyneladende harmløse Forslag, at de andre saa nogenlunde kunde skimte Meningen, uden at de behøvede at have forstaaet og samtykket; og Mødet endte som sædvanligt med, at man i halvt ubestemte Ord gav Formanden frie Hænder.

Store Kjøbmænd i smaa Forhold hade altid hinanden, fordi den ene ikke kan røre sig uden at være den anden iveien; men Bankchef Christensen havde et ganske særdeles ondt Øie til Carsten Løvdahl. Og det var ikke blot, fordi Løvdahl voxede ham over Hovedet; men Christensen, som fra Barndommen havde lært Handelen og selv arbeidet sig op, — rig var han først bleven ved Giftermaal —, han kunde ligefrem ikke taale, at denne hovne Videnskabsmand trængte sig ind i Kjøbmandsverdenen og vilde spille Mester der.

Ved alskens Intriger og ved at anvende al sin Indflydelse var det lykkedes ham at holde Professoren ude af Bestyrelsen for hans Bank, hvortil Løvdahl ellers havde været selvskreven; og da han nu saa halvt om halvt havde de andres Bifald til at udrense Fortunavexlerne, henvendte han sig strax til den administrerende Direktør, der var ham lydig som en Hund, og gav ham de nødvendige Ordre.

Marcussen kom derfor en Dag halvt leende og halvt betuttet ind til Professoren med et Par Vexler i Haanden:

„Nu skal Hr. Professoren høre muntre Nyheder! Rasmus kommer tilbage fra Christensens Bank med den Besked, at Fortunavexlerne maa indfries med Kontant."

„Nuvel Marcussen; — saa indfrier vi dem; Christensen er virkelig latterlig med sine Ængstelser."

„Undskyld — Hr. Professor! men der kan vel næppe være Tale om at indfri alle Fortunavexlerne."

„Mentes der alle?"

„Ja — Rasmus forstod det, somom der mentes for Fremtiden."

„Hvormeget kan Fabriken have paa sig i Christensens Bank?"

„Jeg ved ikke bestemt; saadan fra 150 til 200,000 Kroner."

„Men Guds Død! — Marcussen! — og det skal indfries med Kontant, nu strax, i de nærmeste Dage."

Professoren blev hed om Ørene; han var saa aldeles uvant til det Slags Overraskelser, at han strax blev ganske raadløs. De onde Anelser, hvoraf han allerede en Gang havde været hjemsøgt for Christensens Skyld, kastede sig igjen over ham; vilde dette Menneske ødelægge ham? — var det overhovedet muligt for nogen, at ødelægge Carsten Løvdahl! — uhørt! — aldeles uhørt: nægte at fornye Papirer paa hvilke der stodh a n s N a v n ! — og Skrækken fik Luft i en heftig Strøm vrede Ord over Bankchefen.

Marcussen hørte med Forundring paa dette sjeldne Udbrud; men han var forresten ganske enig; han følte sig ogsaa fornærmet paa Husets Vegne; og da Professoren stansede, foreslog han, at man ganske koldblodigt skulde sende Rasmus ned i Banken igjen, med den Besked, at det i Øieblikket ikke konvenerer os at indfri disse Papirer; saa kunde jo Professoren tage Christensen i Skole, naar de mødtes.

Men det vilde Professoren paa ingen Maade; da Vreden var brudt ud, sad Skrækken nøgen i en; og han begyndte ivrigt at udspørge Marcussen, om Fortuna ikke havde noget staaende paa Folio eller kontant i Kasse.

Marcussen strøg sin smukke Knebelsbart og trak Munden op til et skjævt Smil — omtrent som naar Pigerne vilde have Penge —:

„Hvis Hr. Professoren virkelig vil taale Christensens Uforskammethed, saa er der jo ikke noget iveien for at indfri Papirerne."

„Naa! De har altsaa Penge? —"

„Vi har dem ikke liggende i Øieblikket; men vi kan bruge vor Kredit."

„Kredit — Marcussen! Naar Banken refuserer Fabrikens Vexler saa er det jo netop, fordi Krediten er svækket —"

„Undskyld Hr. Professor! — men her i denne Forretning bruger vi slet ikke vor Kredit." "

„Det er den solide Forretning — Marcussen."

„Altfor solid — ialfald for vore Forhold. Med Carsten Løvdahl paa Papiret skal jeg reise en Million paa otte Dage."

Professoren lagde sig tilbage i Stolen; han vidste, det var sandt. Navnet var udmærket godt; den store Formue, som med en Gang var gjort flydende, havde bragt hans Forretning i Ry som en af de mest solide og kontante paa hele Kysten, og Løvdahl holdt af at høre det.

„Fabriken," sagde han, „har jo adskillig Gjæld."

„Det bedste vilde være at lade den Fabrik gaa Fanden ivold," mente Marcussen aabenhjertigt.

„Men Marcussen! hvor kan De —"

„Undskyld — Hr. Professor! — jeg mente bare, vi strækker os svært langt for den Fabrik."

„Det s k a l gaa med Fortuna; De skal faa se — baade De og alle de andre kloge Herrer; lad os ikke tale mer om d e t. Hvad mener De med at benytte vor Kredit?"

Marcussen saa tvivlraadig paa sin Chef; han havde faaet sin merkantile Uddannelse i Forretninger, som meget godt forstod at benytte sin Kredit fuldtud.

„Vi gaar hen i Norges Bank og henter saa mange Penge, vi vil have," sagde han smilende.

„Men Dækning — Valuta —"

Nu syntes Marcussen, det kunde være nok med denne Uskyldighed, og han forklarede derfor flot og flydende:

„Vi trasserer for det Beløb, vi behøver idag, — for Exempel paa O. T. Falch-Olsen i Kristiania med 6 Dages Sigt, disconterer Vexelen i Norges Bank og sender iaften med Posten vor tre Maaneders Accept til Dækning."

„Hm — ja! det kunde vi jo gjøre," svarede Professoren; men Sagen var, at han, som var kommen saa sent til det, kunde ikke som Marcussen tumle med Vexler; han var derfor altid lidt imponeret og overlod gjerne saadanne Ting til sin betroede Førstemand.

MarCussen udførte sin Plan i en Haandevending og gik selv ned i Christensens Bank, for at have den Fornøielse at sige dem nogle Artigheder dernede.

Den administrerende Direktør vred sig ogsaa som en Orm under

Marcussens skarpe Tunge, — det var jo ogsaa i Virkeligheden altfor galt at vrage et Papir, hvorpaa der stod skrevet Carsten Løvdahl.

Men Bankchef Christensen, som stod i den anden Enden af Kontoret og lod, somom han gjennemgik nogle Papirer, tog det med stor Sindsro. Og da Marcussen var gaaet, og Direktøren vilde vove en beskeden Indvending mod denne altfor store Strenghed, tog Bankchefen bare de Penge, Marcussen havde bragt og holdt dem opunder Næsen paa Direktøren.

„Se paa Sedlerne! — flunkende nye Sedler fra Norges Bank."

„Ja — hvad mener Hr. Bankchefen, det skulde betyde?"

„Jo det betyder at slaa Penge paa egen Accept," hviskede Bankchefen og gik sin Vei, for ikke at blive spurgt.

Men den arme Direktør var hele Formiddagen ganske forundret; hans Tro paa Bankchef Christensens Næse var netop lige saa fast og urokkelig som hans Overbevisning om Carsten Løvdahls Soliditet, og denne Ligevægt holdt ham i den pinligste Uro.

Han talte hellerikke til noget Menneske om den Mistanke, Christensen havde udsaaet i hans Sjæl.

Og skjønt Carsten Løvdahls Navn straalede i stigende Glans og Magt, saa var der dog født i dette Øieblik nogle af disse fíne, usynlige Miasmer, der fyge i Luften og fortættesig til en liden sagte Susen i Sivet, en Hvisken i Krogen, et Pust af et Rygte, hemmelighedsfulde Hentydninger, øgende Spørgen, almindelig Spænding, indtil Sladderen en Dag slaar flammende sammen over et nyt Navn, som er ødelagt, fortæret, slidt ud, tygget og spyttet ud i en. —

— Men i Løvdahls Forretning blev der fra denne Dag endmere Liv og Omsætning. Marcussen var Mand for at bruge Krediten, og Professoren, som just iaar tjente store Penge paa Kornvarer, arbeidede med Liv og Lyst og fandt i Marcussen en Medarbeider, der baade kunde følge og udføre hans Planer, og som — fremfor alt — aldrig stod fast for Midler eller kom med kjedsommelige Indvendinger.

Marcussens lange blonde Knebelsbart glinsede, og eftersom hans Stilling som første Mand i Byens første Kontor udvidede Kredsen for hans Bekjendtskaber, strakte han sin Virksomhed op over Tjenestepigernes Niveau og var snart Kavaler mellem Damerne. Dette forbedrede ikke hans Rygte, som forblev skrækkeligt, men derimod hans Manerer, og hans uforlignelige Fræhed overfor Kvinderne gjorde ham formeligt uimodstaaelig.

Blandt Mandfolk var han munter og raa, fuld af de værste Historier; en prægtig Ven — parat til alt — til at drikke og til at betale, hvilket han gjorde af en tyk Tegnebog, hvor Pengesedler flød omkring blandt brogede Blade af Kjærlighedens Bog.

Mod Abraham var han altid ærbødig og passede nøie Afstanden. Men netop derfor var Abraham, som ikke ligte sligt, dobbelt venlig og kammeratslig. Og da det mer og mere viste sig, at Abraham passede bedst ved Fabriken, indtog Marcussen efterhaanden den Plads i Kontoret, som oprindeligt var tiltænkt Chefens Søn.

Men Abraham havde fuldt op at gjøre — først i sin dobbelte Stilling som Fabrikens officielle Bestyrer og hemmelige Læge, dernæst havde han en Mængde forskjelligartet Arbeide som Viceformand i Arbeidernes Forening.

Det var imidlertid hans Lyst at stelle med saadanne Ting som Arbeidernes Sparepenge, Sygekasse og lignende, ligesom det ogsaa var ved sin Formandsstilling, at han blev istand til at klare Steffensens Affære.

Da han nemlig havde gaaet nogle Dage og tænkt over, hvad han skulde gjøre i Anledning af Steffensens uretfærdige Afskedigelse, blev hele Sagen ham tilslut ganske modbydelig at tænke paa. Og han skulde maaske trukket sig ud af det hele, om ikke Billedet af Grete altid var vendt tilbage — som hun sad i sine Rør og Pilebaand og ventede paa ham med den stærke Tillid, som han ikke kunde undvære.

Det pinte ham saa meget, at han næsten ikke kunde bekvemme sig til at gjøre sine daglige Besøg i Fabriken, fordi han maatte passere hendes Hus og vidste, at den Gamle sad inde i Stuen og fortalte hende, hvergang han gik deres Dør forbi.

Tilslut betroede han sig til sin Ven Kruse og fortalte ham hele Sagen.

Kruse forstod. Han sad som han pleiede lidt sammenkrøben og plirede i Tobaksrøgen; i al Hemmelighed maalte han den stærke smukke Mand, som krympede sig foran den lille Vanskelighed, og med et lidet Vip af Haanden slog han Asken af Cigaren.

„Jeg synes ikke, du skulde gjøre Vrøvl —"

„Nei ikke sandt? — hvad Fanden kan det nytte i en Sag, som igrunden er saa ubetydelig; gjaldt det virkelig noget, saa skulde nok de Herrer faa føle —"

„— men jeg raader til en omgaaende Bevægelse," fortsatte Kruse tørt; „vi gjør Steffensen til Bestyrer af Kramboden."

— „i Forbrugsforeningen?"

„Javel, det er etslags Levebrød — ikke saa galt, hvis Handelen vil gaa frem som hidtil."

„Men tror du, de vil have ham? du ved, han er ikke ligt blandt Arbeiderne."

„Vi faar lægge vor Indflydelse i Vægtskaalen — som Christensen vilde sige. Jeg kan ikke fordrage Steffensen — det ved du; men jeg tror, han er duelig til at passe Kramboden; og saa tænker jeg, du vilde sætte Pris paa denne Udvei?"

„Naturligvis! — jeg vilde være meget glad —"

— „og endnu et," afbrød Kruse og iagttog den anden med et lidet Smil, „de gode Herrer af Direktionen kunde have ganske godt af at se Arbeiderne hjælpe sig selv; den Mand, de har forkastet uden Grund, ham skaffer Arbeiderne selv et Levebrød."

„Ja ja ja! det har du ogsaa Ret i! — det er en glimrende Idé! — Tak Kruse! — det skal du ret have Tak for!"

Og Abraham slog den lille Mand voldsomt paa Skulderen; han var henrykt, fuld af Iver og Lyst til at gaa igang og tage fat strax.

Men da han var gaaet, stod Peder Kruse længe tankefuld med sit lille bitre Smil, og tilslut sagde han til sig selv: ja se saaledes blir de — de, som kunde været de bedste og modigste blandt os.

Abraham gik langsommere, da han nærmede sig Steffensens Hus; han forberedte Scenen, lagde Planen og vidste, da han tog i Dørlaasen, paa en Prik, hvorledes han vilde sige det, og hvad Indtryk det vilde gjøre paa de to.

„Godaften Steffensen! — Godaften Grete! — det er en hel Stund, siden vi saaes;" saaledes begyndte han med halv Stemme, somom han var lidt træt.

„Ja; jeg kan tænke, Bestyreren har havt travlt," knurrede Steffensen. Grete sagde ingenting, men lyttede i glad Forventning.

„Travlt har jeg havt — ja; baade med mine egne Ting og med andres."

Steffensen, som i Begyndelsen havde siddet tvær og trodsig, blev nu urolig. Disse Ventedage havde trykket ham ned; det var heller ikke Spøg: en gammel Mand med en blind Datter og uden Arbeide. Vel var det sandt, som der blev sagt, at han havde nogle Penge i Sparebanken; men det havde han altid tænkt at efterlade Grete. Skulde han nu begynde at tære paa de Skillinger, saa blev der ikke anden Udsigt for hende end Fattigkassen, naar han gik bort. Han prøvede endnu at byde Spidsen; men i Virkeligheden sad han skjælvende og ventede sin Dom.

„Naa!" — sagde han saa barskt, han kunde; „skal jeg saa være Maskinmester eller ikke?"

„Nei — De skal ikke være Maskinmester," svarede Abraham rolig.

Han kjendte, hvor Grete, som sad ved Siden, fór sammen; men Steffensen sprang op og begyndte at bande og tordne, som han pleiede. Abraham forblev ganske rolig og gottede sig over, hvorledes Scenen udviklede sig, ganske som han havde tænkt. Nu syntes det ham paatide at anbringe det afgjørende:

„Kan Steffensen ikke huske, at jeg lovede at tage mig af Sagen?"

„Jo han kan; og han var dum nok — gamle Steffensen — til at tro det."

„Aa det var ikke saa dumt endda," svarede Abraham og lo; „— og da jeg nu først havde taget mig paa at hjælpe, saa tænkte jeg, det var bedst at gjøre det grundigt. Det er temmelig haardt Arbeide med de Maskiner, og farligt for Helbreden om Vinteren ligefra Varmen og ud i de aabne Skur — ikke sandt?"

„Det er et Svinearbeide; men det er dog et Levebrød."

„Ja — Levebrød! der er mangeslags Levebrød; men, naar man blir gammel, gjælder det at finde et, som passer for Kræfterne og ikke tager Livet af en før Tiden."

Steffensen blev igjen uvis; gik et Par Skridt frem og satte sine to stive Øine lige paa Abraham.

„Jeg vilde derfor tilbyde Dem Posten som Bestyrer af Arbeidersamlagets Krambod."

Steffensen studsede; hans første Indskydelse var at kaste sig ned og takke for Redning fra Armod og Elendighed.

Men det var bare et Secund eller to; det lange Had til Kapitalen, den indgroede Vane at være uforsonligt misfornøiet laa ham for dybt i Blodet. Han knurrede blot noget om, at en fik tage tiltakke, naar en først var sparket ud af sin Stilling.

Men i Virkeligheden var hans Bevægelse saa stor, at han gik ud i Kjøkkenet, hvor han rumsterede med Kopper og Spand. Det var en kjendt Sag, at den Madame, som hidtil havde forestaaet Udsalget i Forbrugsforeningens Krambod, havde lagt sig Penge op og skulde giftes i disse Dage, skjønt hun var en Enke paa femti Aar.

Først da den Gamle var gaaet, vendte Abraham sig mod Grete, for at nyde sin Triumf; men han blev skuffet ved Udtrykket i hendes Ansigt.

„Nu Grete? — er du ikke fornøiet med mig?"

„Jo! — du skal have Tak! — Far har været saa ræd; men jeg vidste nok, du vilde hjælpe og tale hans Sag; det har du vel gjort?"

„Ja naturligvis, du kan vide det!" svarede Abraham lidt forvirret.

Grete blev strax opmærksom, saa han skyndte sig at tilføie:

„Du kan tro, jeg lod dem forstaa —"

„Hvad sagde du? fortæl; — hvad sa' du til dem? — var din Far med?"

Dette interesserede hende aabenbart mest; hun havde Faderens Blod; og intet syntes hende saa stolt og stort, som naar nogen satte sig op mod de Mægtige og sagde dem Sandheden lige i Ansigtet.

Efterat den vakte Bevidsthed om hendes Ulykkes hele Omfang havde gjort hendes Kjærlighed saa saar og pinefuld, var hun mod Abraham ikke saa jævn som før; og idet hun nu vendte sit Ansigt mod ham — saa anspændt, saa forelsket, saa begjærlig efter at faa beundre ham endnu mere, — ja saa havde ikke Abraham Kraft nok til at give slip paa dette eneste Menneskehjerte, hvis Tro og Lid han eiede helt; og saa satte han sig til at lyve.

Hidset og ført ved hendes Spørgsmaal blev han opfindsom; han havde saa ofte sammen med hende gjort Farten gjennem fantastiske Eventyr; dennegang var det rigtignok bent frem Løgn; men det lignede dog.

Og han refererede hele sin Tale, den han v i l d e h a v e holdt og som begyndte: jeg kommer for at kræve min Ret; ja, da han først var i Farten, ænsede han ingenting og skildrede tilslut, hvorledes hele Direktionen havde tigget om at maatte beholde Steffensen som Maskinmester; men han havde afslaaet det, — han — Abraham Løvdahl — vilde vise de høie Herrer, at Arbeiderne kan hjælpe sig selv.

Men idetsamme kjendte han, at han blev blussende rød i hele Ansigtet, da han paalagde hende ikke at sige noget om dette til nogen — ikke engang til Steffensen.

Grete var straalende og mærkede ingenting; og Abraham beroligede sin onde Samvittighed og tog imod hendes Beundring. Nu var det godt, at hun ikke kunde se ham; det havde været umuligt foran et Par Øine, — foran et Par uundgaaelige Øine! —

„Hvad feiler dig? — Abraham! — hvorfor sprang du fra mig? — hvor er du? — kom hen i en og sæt dig.“

„Nei Grete! — jeg maa gaa; Klokken er mange. Godnat! — jeg kommer snart igjen.“

Abraham vendte tilbage fra sit Triumftog — krumrygget, sky og saa forunderligt slap i Benene. Alt, hvad han prøvede, var unyttigt; det var slet ingen Ubetydelighed det, som var hændt; for det var Løgn, aabenbar, skinbarlig Løgn; han havde nok løiet før — saadan smaaløiet; men aldrig saa feigt, saa planmæssigt. Og et Par store, dybe Øine havde ligesom taget Plads i det blinde Ansigt og staaet et øieblik foran ham; og han kunde ikke undgaa dem, hvorledes han end manøvrerede og krympede sig; han maatte tænke paa sin Moder — pinligt og modstræbende; men han maatte. —

— Eftersom Tiden led, og han kom ind i Forholdene, fik ogsaa Kapellanen Morten Kruse meget at bestille. Sin præstelige Gjerning røgtede han med Søndags-Prædikenen efter Tur samt en og anden Bibellæsning, forat Lægprædikanterne ikke skulde have noget Paaskud.

Men forøvrigt optoges hans Tid — sandt at sige — af saare verdslige Ting, og han blev en hyppig Gjæst i Løvdahls Kontor — altid Bagveien. Marcussens nye Princip med at bruge Krediten gjorde det ønskeligt for Professorens Forretning at have flere og solide Endossementsforbindelser. Hidtil havde man næsten ikke behøvet andre Navne end Konsul With; men nu kunde det være godt at have flere; og Marcussen foreslog gamle Jørgen Kruse.

Professor Løvdahl udviklede da for Kapellanen det rent ud taabelige i at lade Pengene ligge til en kneben 4 Procent i saadanne Tider; og Følgen blev snart, at der begyndte en forsigtig Forbindelse mellem Jørgen F. Kruse og Carsten Løvdahl.

Gamle Jørgen maatte beundre sin Søns Forretningssans, om han end ikke altid var saa enig i den Unges Dispositioner. Men han kunde overhovedet slet ikke modstaa Morten; thi saasnart der gryede en Uenighed, var Sønnen med en Gang Præst, og saa vidste gamle Jørgen hverken op eller ned.

Saaledes kom en god Del af Kruses vel gjemte Penge for en Dag, — „for at sættes i Løvdahls Forretning" — som Morten kaldte det; og Discontoen var en smuk Sum ved den første Halvaarstermin — det maatte gamle Jørgen selv indrømme.

Og lidt efter lidt blev det Brug blandt Folk at sætte sine Sparepenge hos Carsten Løvdahl; den høiere Rente, han gav, gjorde, at Marcussens sirlige Contocouranter vare langt at foretrække for Sparebanksbøgerne.

Og da gamle Jørgen først fik Smag paa disse Indtægter uden Møie og n æ s t e n uden Risico, opgav han sin lurvede Forsigtighed og blev næsten ivrigere end Sønnen efter at komme ikast med denne glimrende Løvdahlske Forretning, af hvilken der dryppede saa meget Guld.

— Da Morten Kruse første Gang bragte sin Kone Renterne af de Penge, som Tid efter anden var anbragt hos Carsten Løvdahl, lagde Fru Fredrikke sine magre Arme om sin Mands Hals og hviskede:

„Det er vist næsten syv Proeent — Morten!"

„Det ved jeg ikke; jeg har ikke regnet efter," svarede Morten med Værdighed; „men der synes at følge en rig Velsignelse med den Mand."

„Men disse Penge — skal vi ikke sætte dem i Banken? — det er dog sikrere?"

„Som du vil — Fredrikke!"

Og saa blev disse Penge sat i Banken.

Men otte Dage efter sagde Fruen:

„Ved du Morten! hvad vi har tabt i denne Uge?"

„Har vi tabt noget?"

„Ved at have de Rentepenge, du ved, i Banken istedetfor hos Løvdahl har vi tabt over tre Kroner i en Uge; — jeg har regnet det ud."

„Jasaa!" — svarede hendes Mand modfalden; og der blev en Pause. Præsten sad og læste sin Faders Aviser, — de blev først bragt til de Unge —; og Fru Fredrikke holdt paa med at sy sig en Hat af et sort Halstørklæde, som Morten ikke længere havde Brug for, da han stadig gik med et hvidt Bændelbaand om Halsen.

„Hør du," sagde Fru Fredrikke; „synes du ikke, der er noget galt i dette saaledes at spilde Pengene? tænk disse tre Kroner! — hvad kunde Vi ikke kjøbt for dem?"

„Eller givet bort — Fredrikke!"

„Javist! tænk, hvor mangen Fattig kunde vi ikke have bespist med de Penge, som nu ikke kommer nogen tilgode? — jeg tror virkelig, du faar gaa til Professoren — ja, for du er vel sikker paa ham? —" og somom bare Spørgsmaalet forfærdede hende, rettede hun sine skarpe Fugleøine paa Manden.

Morten svarede kun med et overlegent Skuldertræk.

„Vil du, at jeg skal sætte de Penge ogsaa hos Løvdahl?" spurgte han.

„Ja — du maa jo gjøre, som du vil; men jeg synes rigtignok —, ja, du ved, jeg forstaar mig ikke paa det; men det forekommer mig, at det ligefrem er Uret — Synd — at lade noget gaa tilspilde." —

— Da Marcussen den næste Dag blev kaldt ind i Chefens Kontor gjennem det elektriske Ringeapparat, raabte Professoren oprømt:

„De fik Ret — Marcussen! — Præsten har været her med Pengene."

XI

Madamen fik Ret, naar hun i de første Dage efter lille Carstens Fødsel blev ved at gjentage, at Fruen var for ung til strax at føle hele Lykken ved Barnet; det vilde nok komme.

Thi da Clara havde forvisset sig om, at hendes Skjønhed intet havde lidt, kastede hun sig over den Lille med en Kjærlighed saa graadig og skinsyg, at hun næsten følte sig paa Krigsfod med alle, der omgav hende og som vilde stjæle sig lidt Ret til at eie med i Barnet.

Hun huserede med Pleiekoner og Barnepiger, fordi de ikke forstod at stelle Barnet. Saalænge den Lille havde det godt, var det Clara, som passede ham efter en Bog og efter lange Breve fra Moderen. Men kom der lidt Maveknib eller saadant noget, saa var det altid Pleiekonen eller Pigen — eller en anden, som havde gjort noget galt eller dumt.

Dette Barn var et Stykke af hendes egen Skjønhed, af hendes egen

Fuldkommenhed; derfor skulde det være og voxe op som et mandligt Sidestykke til hende, — skulde engang vise sig inde i selve Byen for Familien, for Veninderne for de forsmaaede Balkavalerer, for hele Hovedstaden lige op til Slottet — som Clara Meinhardts Mesterstykke.

„Du lader til at anse lille Carsten som din udelukkende Eiendom," sagde Abraham godmodigt, naar hun ikke vilde lade ham komme nær Barnet.

„Ja, — det gjør jeg rigtignok."

„Men jeg da!" —— raabte Abraham leende; „du behandler mig ganske som brugt Krudt."

„Hvad er det for noget Tøv!"

„Der Moor hat seine Pflicht gethan, der Moor kann gehen."

„Ja det ved Gud, han kan," svarede Clara uden Skygge af Smil.

Men Abraham lo; han v i l d e ikke tage det for Alvor; han v i l d e være lykkelig. Han havde en Søn, som var hans; og han skulde nok faa Tag i Gutten senere; det var saa rimeligt, at Moderen raadede i den første Tid.

Kun med én taalte Clara at dele Barnet: Professoren fik Adgang til alle Tider; og han blev utallige Gange kaldt op ad Vindeltrappen enten til en Raadslagning eller stundom bare, forat Bedstefar skulde se, hvor han var sød — lille Carsten i Badestampen.

Og Moderen og Bedstefaderen kunde sidde lange Stunder over Vuggen og le og beundre hver mindste Trækning i det lille Ansigt, hvori de opdagede alverdens Smil, Familieligheder og intelligente Antydninger; medens Barnet — ærligt talt — hels lignede en syg Abekat.

Professoren var saa optaget af dette Barn, at han børstede Støvet af nogle medicinske Skrifter og gav sig til at repetere om Børnesygdomme. Det var hans Lyst og Glæde — dette lille Væsen, som skulde bære Navnet; og naar han i den dybe Stilhed midt i sit store Kontor hørte en fjern Lyd af Barneskrig ovenpaa, da lænede han sig tilbage i Stolen og smilte til Lykkegudinden, som halvt svævende rakte ham sin Krans og smilte igjen.

— Ogsaa for sin Veninde Fru Fredrikke viste Clara stundom sit Barn; thi hun havde ikke noget og saa hellerikke ud til at faa noget, og Clara satte Pris paa denne Overlegenhed.

Thi i Retning af det økonomiske Husstel maatte hun indrømme, at Fru Fredrikke i høi Grad var hende overlegen. Vel behøvede Clara ikke at spare, og hun gjorde det egentlig hellerikke; men hun havde dog fra sin Moder arvet et Sværmeri for at knibe paa Smørret og gjemme Sukkeret for Pigerne.

Fru Fredrikke lærte hende en Mængde Kneb med Madfedt, Meljævninger, Sirup og Cicorie og Liebig — ikke at forglemme; og Fru Clara gjorde sig en Samvittighedssag af at beværte sin Mand og sine

Tjenestefolk med nogle høist mystiske Ting, som de skulde spise.

Til andre Tider — som ved Selskaber ænsede hun ingen Udgift; at være rigtig ødsel og flot, naar nogen saa det, var igrunden hendes Natur — især med et Raffinement af Kniberi; paa samme Tid som hun lod Kogekonen grassere efter Behag med Trøfler og Østers, forsømte hun aldrig at tælle Sveskerne til Tjenernes Sødsuppe.

For Fru Fredrikke var et Besøg og fremfor alt et Selskab i dette Hus, hvor der gik saa meget til, ligefrem gribende. Hendes Fugleøine hang ved alt, hvad der blev fortæret, og taxerede alt, som gik tilspilde. Og bagefter følte hun sig, somom hun havde været med paa en vanvittig Ødselhed, den hun selv maatte bøde paa ved at knibe Kniberiet endnu knebnere.

Hun misundte isandhed ikke sin Veninde; det maatte være skrækkeligt at staa i Spidsen for et saadant Hus. Thi Fru Fredrikke eftertragtede ikke egentlig at være rig, at eie meget; eiheller nærede hun nogen bestemt Frygt for Fattigdommens Savn og Indskrænkninger, — hun behøvede i Virkeligheden saa lidet.

Hendes Lidenskab var Bevidstheden om, at alle de Skillinger, som paa nogen mulig Maade kunde trille ind til hende, — de kom; og at ikke en eneste Skilling trillede fra hende, som paa nogen mulig Maade kunde været spart.

Hun var en Guldgrube for sin Mand og blev meget beundret.

Nei — skulde hun misunde Clara Løvdal noget, var det snarere Manden; — hans Nøisomhed — den maatte hun beundre.

Naar hun hørte, hvad Middagsmad den rige og forvænte Abraham Løvdahl tog tiltakke med, maatte hun rigtignok tænke paa sin Mand; han var Skam ikke let at narre med opvarmede Levninger og deslige.

Men saa var der jo det, at Morten ikke var stærk, og desuden trængte han god og kraftig Mad i sit besværlige Kald. Der havde derfor i Kapellanens Hus udviklet sig den Skik, at Husfaderen spiste af et særskilt Fad; medens Fruen, som forøvrigt næsten ingen Næring behøvede, hun havde nogle andre Ting at pille med, som man ikke egentlig kunde benævne med noget bestemt Madnavn.

— Saasnart Clara Løvdahl følte sig fuldkommen rask igjen, vilde hun have Revanche for den lange kjedsommelige og smertefulde Tid; hun satte Fart i det gamle Hus — ja i hele Byen; hun fik antændt en Selskabelighed og en Feststemning, der fængede til alle Sider og oplyste hele Vinteren med glimrende Baller, Fakkeltog paa Isen, Champagne og Raketter.

Det var vel ikke Clara Løvdahl alene, som fik den adstadige By til at staa paa Hovedet: men hun anslog den rette Tone i det rette Øieblik, og hun fik Svar af Glæde og Jubel fra alle Kanter. Ikke blot hos de store som Løvdahls, Withs, Garmans, men ogsaa nedover blandt Smaafolk slog de sig løs denne Vinter. Der var ikke et eneste bekymret Ansigt at se undtagen Bankchef Christensens; og det forøgede Lystigheden.

Der farer undertiden en saadan løssluppen Aand gjennem smaa, afsides Ansamlinger af Mennesker, naar de have sovet længe. En Prins eller et Dyrskue sætter Maskinen igang, og saa gaar det Slag i Slag med Fester og Selskaber.

De, som har Skillinger tilovers, ta'r dem frem; og de, som ingen har, faar med Fornøielse laant; og der blir en Flothed og en Rigelighed, saa at de overraskede Kjøbmænd ordinerer baade Champagne og svære Silketøier fra Hamburg.

Men den Champagne bliver aldrig betalt; og naar en fremmed Kunde mange Aar efterpaa falder i Forbauselse ved at finde et pragtfuldt Silkestof i en støvet halvtom Butik, saa svarer Kjøbmanden: „Ja, ser De det Tøi er fra Prinsetiden," og han ryster vemodigt sit fallerede Hoved.

Dennegang var det altsaa Fru Clara, som satte Munterheden igang; men hun havde ogsaa god Hjælp. Først og fremst i Professoren, som netop fandt det at være la haute finance: Baller, Concerter og Maskerader om Aftenen, og store Omsætninger, Masser af Breve og Expeditioner om Formiddagen i Kontoret.

Han var med til alle Forlystelser og var selv den, som opfordrede Clara og hjalp hende med at finde paa nye pikante Tilstelninger.

Konsul With var ogsaa en værdifuld Medarbeider; hans Specialitet var Maskerade. Han havde Garderobe for et helt Theater og var utrættelig ivrig og beredvillig til at laane ud, naar han bare kunde faa igang en Maskerade eller bare et tarveligt Divertissement med Forklædninger.

Onde Tunger paastod, at dette Konsulens Sværmeri kom af, at det kun var under hans mesterlige Forklædninger, han kunde more sig lidt om Aftenen; eftersom hans Kone — Strygebrættet kaldet — holdt skarpt Øie med ham. Og det behøvedes; thi Konsul Withs Rygte var næsten værre end Marcussens.

Ogsaa Marcussen satte Clara ivei; det morede hende at holde ham i en stadig Forvirring. Fra først af lagde han ikke Mærke til hende anderledes end i ærbødig Beundring for Principalens smukke Hustru; men Clara gav ham snart andet at tænke paa.

Hun kjendte godt til hans Liv og vidste, at han blandt de smaa Damer i Byen var uimodstaaelig. Nu kunde det more hende — den fuldendte Dame fra Hovedstaden at fange denne smukke klodsede Fisk, for at se ham sprælle under hendes overlegne Behandling.

Og han bed strax paa; men hun rykkede for tidligt i Snøret

Thi saa lidet fin Marcussen end var, saa narrede en Kvinde ham ikke let; og da han strax mærkede, hvad han skulde bruges til, forblev han hendes ærbødige Kavaler uden nogensinde at ville mærke de smaa Vink om at komme nærmere.

Clara blev forbauset og ærgerlig; denne Smaastadsløve vilde han ikke bøie sig! — hun vilde tvinge ham. Men derved blev hendes Væsen saa underligt forceret, at Abraham engang vovede at sige til Clara efter et Selskab:

„Hør! — du forkjæler os denne Marcussen!"

„Hvad mener du?"

„Du gjør for meget Væsen af ham; han er jo ikke andet —"

„end din Fars Kontorist? — det var vel det, du vilde sige; jo du mener det rigtignok ærligt med dine Talemaader om Frihed og Lighed; naar alt kommer til alt, er du en latterlig Aristokrat."

„Det var ikke noget om hans Stilling, jeg vilde sagt —"

„Jo det var netop det, du vilde sagt; jeg saa det paa dig."

Abraham Løvdahl havde været gift i snart to Aar; det var ikke længer saadanne Ting, han disputerede om, og han vilde i Taushed tage fat paa sin Avis.

Men nu vilde Clara netop vide Besked, hun forlangte at han skulde forklare, hvad han mente med sine Insinuationer, med saaledes at kaste sig over hende med Bebreidelser og —

„Naa naa — Clara! — svar mig: synes du virkelig, Marcussen er comme il faut?"

„Han er smuk, meget smukkere end du."

„Hver sin Smag," svarede Abraham muntert; han vidste godt, han var vakker nok, og at hun kun sagde det, for at ærte ham; „men synes du, han er fin?"

„Aa ved du hvad! — jeg kjender flere Ægtemænd, som kunde lære Hensynsfuldhed mod Damerne af Hr. Marcussen."

„Tror du, disse galante Hundekunster vilde klæde en Ægtemand?"

„Du kunde jo prøve. Men nu vil jeg vide, hvad du har at bebreide mig overfor Marcussen?"

„Hans Rygte —"

— „kjender jeg, de fleste Mandfolk har et temmeligt medtaget Rygte; vil d u kanske kaste den første Sten?"

„Jeg vil slet ikke tale om mig selv; men det undrer mig, at du Clara! som virkelig ser saa skarpt, naar du vil, — at du ikke opdager den indre Raahed, som skinner gjennem Marcussen fra Hoved til Fod?"

„Du er skinsyg, — jo du er —"

„Aa neigu er jeg ikke skinsyg — nei!"

„Tror du ikke jeg, som du selv siger ser saa skarpt, kan se Skinsygen pible ud af Øinene dine! — det er ogsaa et smukt Træk af digl husker du de Tider, da du talte i høie Toner om Ligeberettigelsen, de samme Fordringer til Manden som til Kvinden, den gjensidige Tillid —"

„Nuvel! — hvad saa?"

„Hvad saa? — jo du er en nydelig Eman — — Emancipist!" raabte Fru Clara; „du er ikke et Haar bedre end alle de andre væmmelige Mandfolk; mens du forlanger af din Kone —"

„Hvad mener du Clara! — jeg?"

Da vendte hun sig lige mod ham, og hendes smukke blaa Øine blev kolde som Glas.

„Grete Steffensen" —— sagde hun halvhøit.

Abraham fór iveiret ved Navnet, og hun greb det strax:

„Ja du ser, jeg ved Besked; du synes kanske, det klæder dig at komme her med din afskyelige og ugrundede Skinsyge, naar du selv har saadant paa din Samvittighed."

„Men du er jo aldeles gal — Clara! — det er jo en stakkels, blind Pige —"

— „ja blind maatte hun ogsaa være —"

— „for at blive indtaget i mig?" fuldendte Abraham og maatte alligevel le.

„Det var aldeles ikke det, jeg vilde sagt," svarede Clara og vendte sig bort; thi det var det, hun vilde sagt; men hun stansede, fordi hun følte, at det var altfor taabeligt.

Imidlertid gjenvandt hun snart sin Sikkerhed, og idet hun gik forbi ham, sagde hun med sin Moders Stemme:

„Hvorom alting er, saa skal jeg frabede mig din Skinsyge; pas du dig selv, saa skal nok jeg passe mig; — Godnat!"

— Efter denne Samtale fik Abraham en Frygt for, at Sladder og onde Tunger kunde ødelægge hans Forhold til Grete; og hun var ham ganske uundværlig. Lidt efter lidt var hans Kjærlighed gledet bort fra Clara; han havde jo snart indseet, at det var umuligt at bevare det Sværmeri, hvormed han fra først af havde elsket hende; og naar det endnu ikke fuldt ud var ham bevidst, hvor fjernt fra hinanden de i Virkeligheden levede, saa var det nærmest, fordi der laa i Abrahams Karakter en bestemt Ulyst til at gaa dybt i et Forhold, hvor han kunde formode, at der paa Bunden laa noget sørgeligt eller foruroligende.

Men den Trang til hengiven Kjærlighed, som intet Svar fandt hos Clara, vendte sig til Grete — naturligt og uden at han tænkte paa nogen Uret. Nu vidste Abraham godt, at han elskede Grete, og han var lykkelig i hendes uskyldige Tillid; alle Ønsker udover dette satte han sig til Modværge mod; han havde givet sig selv sit Ord paa, at han i dette Stykke vilde være ærlig og retskaffen.

Og som han Gang efter Gang i Livets Smaating bøiede af, hvor han burde gaaet ligefrem; — taug, hvor han burde talet, blev dette Forhold til Grete et Tilflugtssted for en Trang i hans Karakter, som fra Barndommen var bragt til at forkrøble: han følte sig som hendes Ridder; hun var fuldstændigt i hans Magt; men han vilde aldrig misbruge den.

Og dog var ogsaa her en Skygge. Naar Abraham tænkte over sit Liv, forekom det ham, somom det var en uundgaaelig Skjæbne dette, at netop han, som i Virkeligheden netop saa gjerne vilde have alting klart og greit omkring sig, — at netop han bestandig skulde komme opi smaa Tvetydigheder, fortrædelige Smaating, som han fra først af ikke gad rydde tilside, men bare steg over, og som saa siden bag hans Ryg steg op til store Fortrædeligheder med lange Skygger.

Hvorfor skulde det nu falde sig saa, at han kom til at lyve for Grete!

Thi det blev ikke med den ene Gang. Da han saa, hvor det gjorde hende lykkelig, lavede han hele sit Liv om efter en lidt forstørret Maalestok og fortalte fra sin Barndom og sin Ungdom og fra Dag til Dag, — Traaden var sand og ægte nok; men det var netop Udsmykningerne, Grete satte mest Pris paa.

Han fortalte og skammede sig og fortalte igjen, indtil Skammen sledes bort; og disse lange Stunder, naar han sad og udmalede for hende, hvad han havde gjort, og især, hvad han vilde gjøre i det og det Tilfælde — — de blev for ham kjærere end alt andet. Ikke blot, at han nød den Lykke at være hende nær; men selve de fantastiske Fortællinger begyndte at virke befriende paa ham; de bødede lidt paa hans Livs Marvløshed.

Saa blev han en Mester i denne Art Digtning, og hun blev aldrig træt af at spørge og beundre. —

— Men i sit Hjem maatte Abraham anstrænge sig, for ikke at føle sig fremmed. Ved det venskabelige Forhold mellem Clara og Professoren blev han lidt tilovers. Til Fornøielserne fulgte han gjerne med; men hvad han ikke kunde taale, men rent ud rømte af Huset for — det var en egen Art af Gudelighed, som Clara holdt paa at indføre i Hjemmet.

Fru Løvdahl havde, for at give Saisonens Selskabelighed et storartet Sving, ogsaa forenet sig med endel godgjørende Damer og istandbragt en glimrende Bazar med Dans og Skuespil.

Og efter denne Tid fik hun Smag for smaa halvt religiøse

Sammenkomster med The og en Præst.

Professoren spøgte i Førstningen med sin smukke Svigerdatter over denne pludselige Fromhed. Men snart var det, somom han saa det med andre Øine. Han indvilgede endogsaa i at overtage Posten som Formand i „Foreningen for faldne Kvinder i St. Petri Menighed", hvilken Post Konsul With af visse Aarsager ønskede sig fritaget for.

Dette: at Faderen gik med — kunde Abraham mindst af alt taale; thi han vidste saapas god Besked om Professorens Anskuelser betræffende Religionen, at han umuligt kunde tro, at det var af et oprigtigt Hjerte, den gamle Videnskabsmand nu sad og sang Salmer mellem Damerne og fulgte til Kirke — ja til Alters med Clara.

Men det kunde han jo ikke tale til sin Far om; og han gik derfor bare af Veien.

Forøvrigt var der over Professoren et Liv, en rastløs Virksomhed, som stundom næsten kunde ængste Abraham. I alle Selskaber deltog den gamle Mand, og i Kontoret var han sent og tidligt.

En Dag lod han Abraham underskrive en Vexel.

Abraham tog leende Pennen:

„Ja, kan du have nogen Glæde af mit Navn, saa værsaagod! — Gud og Hvermand ved jo, jeg eier ingenting."

„Det er jo ogsaa bare en Formsag," sagde Professoren fort og tog Papiret, „mit Navn er jo det vigtigste."

„Ja dit Navn er som Faraos Kjør; det sluger mit uden at blive det mindste federe af det."

„Men dit Navn Abraham! — vil engang blive saa godt som mit."

„Ak Far! — jeg bliver nok aldrig saadan Kjøbmand som du."

„Vi faar se — Gutten min! —" svarede Profæsoren; men længe efter, at Abraham havde forladt Kontoret, sad han i Tanker — i urolige Tanker.

XII

„Hr. Bankchef! — nu begynder jeg for Alvor at tro, De modarbeider mig."

„Aldeles ikke — Hr. Professor! — tværtimod! ingen kan være mere begjærlig efter at komme Dem tilhjælp."

„Tilhjælp! — jeg takker Dem; men jeg behøver virkelig ingen."

„Nei — nei! — De misforstaar mig; jeg mente bare, at foran knappe Tider —"

„Aa — denne Krise er Deres fixe Idé — Christensen! og De ved, jeg tror ikke paa den."

Samtalen havde varet en hel Stund, og begge Herrer vare temmeligt ophidsede — hver paa sin Maade. Især var Professorens Ansigt ligesom flammet, og han legte nervøst med en Lineal.

Christensen var roligere; han snøftede bare lidt stærkere end vanligt og saa sig omkring i Kontoret:

„Nuvel — Hr. Professor Løvdahl! — Krise eller ikke Krise, — en Ting er sikker, og det er, at Fortuna maa likvidere jo før jo heller."

Det kom saa pludseligt, — at Professoren mistede baade Mund og Mæle og blev siddende et Øieblik med opspilede Øine.

„Skal det være en Spøg? — Hr. Bankchef!"

„Paa ingen Maade — desværre! — jeg troede, De vilde være fuldstændig enig med mig; De maa jo endnu bedre kjende Stillingen."

„Ja det gjør jeg; og jeg kan forsikre Dem om, at der aldeles ikke kan være Tale om den Eventualitet, De antyder. Men nu skal jeg sige Dem noget — Hr. Bankchef Christensen! — De har lige fra den Dag, jeg blev administrerende Direktør i Fortuna gjort, hvad de kunde, for at styrte mig; og da det ikke er lykkedes Dem, har De prøvet at skade selve Fabriken; derfor kommer De med alle Deres Ængstelser i Generalforsamlingerne, og af den samme personlige Grund har De fordrevet Fortunavexlerne fra Deres Bank."

„Personlig? — Hr. Professor!"

„Ja, jeg siger personlige Grunde; — for alt dette kommer af, at Deres Forfængelighed ikke kunde taale, at jeg blev Formand, da Mordtmann gik af; nu ved De det!"

Professoren var ganske ude af sig selv, og gik op og ned ad Gulvet; Christensen følte sig paa Næsen og smilte saa smaat bag Haanden:

„Lad ikke os to tale om personlig Forfængelighed — Hr. Professor Løvdahl! — Det var bedre, vi prøvede i Fællesskab at møde Ulykken. Denne Fabrik er et mislykket Foretagende — lad os begynde med at erkjende det."

„Aldeles ikke! — det vil jeg paa ingen Maade erkjende. Fabriken er god og bliver godt ledet; men Konjunkturerne have været over al Maade uheldige."

„Ja — da nødsages— jeg til at sige Dem — Hr. Professor! — at mit Ærinde hos Dem idag var at forberede Dem paa, at jeg ved næste Generalforsamling agter at fremsætte Forslag til Fabrikens Likvidation."

„Værsaagod!" — svarede Professoren, vendte sig og gik hen til det midterste Vindu.

Han var saa oprørt, at han en Stund ikke forstod; men som han stirrede ned i Haven, hvor Crocuserne begyndte at vise sig langs Veikanten, klarnede Situationen i al dens Farlighed for ham.

Fortunas Stilling var desværre meget slet — ingen vidste det bedre end han selv, som med store personlige Opofrelser havde holdt den ilive og i en tilsyneladende Trivsel. Det var ikke umuligt, at Aktionærerne, naar de fik fuld Besked om Status, vilde foretrække en Likvidation, og da vilde han selv staa som den, der havde paataget sig, hvad han ikke magtede, som den, der havde paaført sine Medborgere Tab; hans hele Stilling, al den Dyrkelse, som var bleven ham kjær og uundværlig, — væk med det altsammen.

Men noget meget — meget værre steg i dunkle Omrids frem for ham; om Fabriken fallerede, var hans Navn halvveis ødelagt, hans Kredit vilde faa et Stød; de allerstørste Vanskeligheder kunde opstaa.

Carsten Løvdahl følte, at han blev blød i Knæerne; det maatte ikke ske nu; Tiderne var virkelig truende. Alt kunde endnu vende sig; naar han bare fik Tid; et Øieblik sank hans Mod saa lavt ned, at han tænkte paa at ydmyge sig og b e d e Christensen holde sit Forslag tilbage.

Men idet han vendte sig mod Bankchefen, som trak sine Handsker langsomt paa, fik han en god Idé:

„Dersom De er saa ængstelig for Deres Fortunaaktier, saa faar jeg heller overtage dem; hvormange har De i Øieblikket?"

„Jeg har ti; men jeg kan ikke vente, at Hr. Professoren atter vil overtage flere, —"

„Aa vær ikke bekymret for min Skyld," sagde Professoren og lo overlegent, „de forrige fem Aktier, jeg kjøbte af Dem, solgte jeg saamænd en halv Time efter med Avance."

„Virkelig?" svarede Christensen høfligt; „vilde De fremdeles overtage Aktierne for fuldt indbetalt!"

„— al pari — som sidst — naturligvis!" svarede Professoren; „og saa haaber jeg, De vil indse, at Deres Forslag om en Likvidation er mildest talt ubetimeligt?"

„Nu bliver der jo ikke længer Tale om det Forslag; da jeg ikke længer er Aktionær, træder jeg selvfølgelig ud af Direktionen ved næste Generalforsamling."

Denne Vending var uberegnet; gik Christensen ud af Fortunas Direktion efter at have solgt alle sine Aktier, saa var d e t et fuldt saa dødeligt Slag for Fabriken som hint Forslag.

Professoren gjorde derfor en afværgende Bevægelse:

„Nei — nei! Hr. Bankchef! — ikke paa den Maade! De har ikke forstaaet mig rigtig. Naar jeg nu overtager Deres Aktier, saa sker det ikke for nogen øieblikkelig Fordels Skyld, — det ved De meget godt; men jeg gjør det af

Interesse for Fabriken. Jeg forlanger til Gjengjæld af Dem, at De ikke blot frafalder hint Forslag; men at De ogsaa støtter Direktionen — specielt mig som Formand; og at De i det hele taget optræder paa en saadan Maade i Generalforsamlingen, at Tilliden til Fabriken trods det uheldige Driftsaar ikke svækkes hos Aktionærerne."

„Ja, men jeg kan dog ikke ret vel optræde paa nogensomhelst Maade, naar jeg ikke længer selv er Aktieeier?"

„Saa beholder De et Par Aktier," sagde Professoren; men da han strax kunde se paa den anden, at han v i l d e blive af med dem alle, bed han sin Ærgrelse i sig og fortsatte: „— eller lad mig heller overtage alle ti — som jeg først foreslog, saa kan jo et Par af Aktiebrevene blive liggende utransporterede hos Dem for en Forms Skyld — ialtfald til over Generalforsamlingen. Det er jo en fuldstændig privat Transaktion mellem os og vedrører ikke Deres Interesse for denne Fabrik, De jo selv har været med at stifte, og hvis Trivsel ligesaa meget ligger Dem paa Hjerte —"

„Det er meget sandt; jeg skulde bare ønske, at De ikke vilde forlange en større Assistance af mig end min Overbevisning tillader."

„Ja ser De! — min kjære Hr. Bankchef Christensen!" sagde Professoren halvt spøgende; „De er jo en ængstelig Mand —"

„Skulde vi ikke sige en forsigtig Mand? Hr. Professor!"

„Nei — lad os sige en ængstelig — det er dog Ordet. Men, naar De nu ser, at jeg, som efter Deres eget Udsagn bedst maa kjende Stillingen, at jeg ikke betænker mig paa at tage yderligere 10 Aktier, saa maa vel dette give Dem den Overbevisning, at Foretagendet er adskilligt bedre og mere lovende end De tror?"

„Ja — De har i Virkeligheden Ret — Hr. Professor — jeg maa jo tilstaa, at De med Deres videnskabelige Uddannelse er den, som bedst kan dømme i denne Sag; og jeg vilde meget beklage, om De ikke skulde lønnes for Deres Arbeide og Opofrelse med et dertil svarende godt Udfald. Hvad jeg formaar, det skal jeg gjøre!"

De to Herrer blev med en Gang meget hjertelige og skiltes efter et trofast Haandslag.

I Døren sagde Bankchefen blidt:

„Jeg tør altsaa haabe, at vor Forretning afgjøres idag pr. kontant? — jeg kjender Professorens Forretningsmaxum."

„Det halve kontant og Resten mod vor 3 Maaneders Accept," svarede Professoren.

„Tre Maaneders Accept —" gjentog Bankchefen og trak lidt paa det; men et Blik paa den andens Ansigt overtydede ham om, at nu var Grænsen naaet: her var ikke mere at opnaa; og han forandrede behændigt

Tonen:

„Ja det er jo det samme som kontant; et Papir, hvorpaa der staar Carsten Løvdahl, er ligesaa godt som Norges Banks Sedler. Godmorgen — Hr. Professor!"

Og de bukkede og smilede for hinanden.

„Marcussen! — vi skal betale 5,000 Kroner kontant til Bankchef Christensen ieftermiddag; vil De holde Beløbet parat."

Den uforfærdede Marcussen, som aldrig blinkede, blev alligevel lidt betuttet denne Gang. Hver Dag havde allerede nok i sin Plage; og det var ingen Spøg at trolle fem tusinde Kroner foruden alt det andet, som skulde dækkes og indfries, og det var langt paa Dag.

Men Professoren var i den senere Tid bleven saa heftig og opfarende, at Marcussen, som elskede Freden, pleiede at lade, somom alt gik saa glat som Smør.

Han sagde derfor bare:

„Hm! fem tusinde Kroner! all right! — Hr. Professor!"

Saaledes som Løvdahls Forretning nu blev drevet, passede Marcussen fortræffeligt til den; det var netop noget for ham saaledes fra Dag til Dag at finde paa Udveie uden en bekymret Tanke for Følgerne; og jo knappere Tid der blev paa Penge, desto rigeligere blev Marcussens Opfindsomhed.

Han var vant til at smyge sig gjennem Fortrædeligheder af langt værre Art: skinsyge Fruentimmer, bedragne Piger, ufrivillige Svigermødre, Opfostringsbidrag, Præster og Formanere —; Kontorets Fortrædeligheder var en Leg for ham.

At møde forfaldne Papirer med nye,der tog sig ud som Valuta; at trassere paa kryds og tværs — holdende den øgende Gjæld i en stadig Circulation, der saa ud som en livlig Omsætning — det var altsammen Arbeide, der laa for Marcussen. Og naar han grusede med Penge og Værdier, var han ikke skjødesløs og ligegyldig, fordi det var en andens; han vilde ganske vist ført sin egen Forretning paa samme Maade, om han havde havt nogen.

Han holdt endogsaa meget af Professoren og Huset, og vilde saa inderligt gjerne, det skulde gaa saa godt og glimrende som muligt. Godmodig og hjælpsom ønskede vist Marcussen, at alle Mennesker vare rige, lige saa oprigtigt som han ønskede, at alle Piger vare smukke.

— Ogsaa Professoren arbeidede paa sin Side. Han var nu kommen saa vidt, at han ikke v i l d e være ængstelig; han vilde ikke mærke, at hele Forretningslivet ligesom mattedes og trak sig sammen; han vilde ikke se længer frem end fra Dag til Dag.

Men derimod satte han al sin Evne paa at stemme Strømmen, som flød bort. Han kjøbte store Værdier, — alt, hvad man bød ham: Korn, Kaffe, Fisk, Salt — og solgte igien, næsten uden at han tænkte paa Tab eller Gevinst, — bare at det gik fort, at han altid følte Pengene rulle sig mellem Hænderne.

Og den febrile Kraft, denne ene Mand udfoldede, virkede smittende udover videre Kredse; og en Spekulationslyst, en Periode som af det vildeste Børsspil i det smaa kastede sin falske kortvarige Glans over den lille Afkrog af Verden, hvor Carsten Løvdahl grusserede.

Jo mere han udvidede sine Operationer, desto flere Navne trak han ind i Kredsen af sine Endossements; og da al Omsætning gik i Vexler, var der snart ikke noget betydeligere Hus i Byen og i Nabobyerne, som ikke stod paa Papir sammen med Løvdahl.

Men saalænge Bankerne og Udlandet diskonterede uden Knur, var denne Maade at skaffe Penge paa saa bekvem, at faa eller ingen havde Kraft til at stanse itide — selv ikke, da Discontoen begyndte at stige, saa disse Penge, hvormed der saa flot og letvindt spekuleredes, de var i Virkeligheden saa dyre, at de levnede meget liden Chance for Fortjeneste.

Hellerikke syntes nogen for Alvor at tage Uro af de udenlandske Efterretninger; den ene Artikel efter den anden faldt halvthundrede Procent i en Børsuge; Petroleum begyndte, saa forsvandt der Millioner i Jernveisaktier, saa gik Kaffen Fanden ivold og Sukkeret bagefter; men ingen syntes at forstaa, at dette var Fare for alt og alle.

Der var ikke mange Næser som Bankchef Christensens, og Tilliden til Carsten Løvdahl var saa ubetinget grundfæstet, at intet Menneske tænkte paa at vrage hans Navn.

Og forresten skulde der mere Mod til end der sædvanligvis findes inden Kjøbmandsstanden; thi Løvdahl hørte til Ringen, som raadede for baade By og Bank. Et uforsigtigt Ord mod en af de Store kunde være nok til, at man lempeligen blev sat udenfor, afsondret og glemt. Og den, som da ikke var stærk nok til at staa alene, han maatte visne og forkrøble, fordi alle Kilder blev ham stængte. Derfor lød der overalt ikke andet end Lovtaler over denne storartede og for Byen saa velsignelsesrige Virksomhed, de travle Hænder, de mange Munde — og saa videre; og i disse Lovtaler overdøvede man sig selv og sin Tvivl.

Under alle andre Forhold vilde Opgjøret for sidste Aars Drift i Aktieselskabet Fortuna have været en Begivenhed, som nok kunde opfordre til Eftertanke. Det havde været en høist besynderlig Generalforsamling.

Efter et flot og kortfattet Regnskab fra Mareussens Haand havde

Professor Løvdahl med Beklagelse meddelt, at Fortuna iaar intet Udbytte vilde give.

Det blev en ubehagelig Overraskelse for alle; og Stemningen blev meget trykket; en enkelt misfornøiet Røst prøvede forsigtigt at henstille nogle Ubehageligheder til Direktionen.

Bankchef Christensen sad taus; og den Mening udbredte sig i Forsamlingen, at Misfornøielsen rykkede frem under hans Beskyttelse; var det ikke kjendt nok, at han hadede Løvdahl; — altsaa blev man modigere; det saa ud til at blive et stormende Møde.

Christensen lod dem komme langt, før han reiste sig. Men saa faldt han de forbløffede Misfornøiede i Ryggen med et Foredrag saa overlegent, saa tillidsfuldt og aabent, at den oprørte Generalforsamling med et blev som en smilende Sø, hvori den gjenvalgte Direktion trygt kunde speile sig. — Derefter reiste Bankehcfen atter paa sin aarlige Tur til Carlsbad og tog sin Næse med sig; han vidste nu, hvorledes det vilde gaa hjemme.

Men han havde ikke den Opfatning af sit Kald, at han var den, som skulde advare og forebygge. Da han havde ordnet sine egne Affærer og efter Evne sikret sin dyrebare Bank mod de Ulykker, han veirede, var det med Sindsro, at han saa sine kjære Medborgere ødelægge sig; og han ventede roligt paa det Øieblik, da han skulde staa alene igjen, medens trindtom de faldne og vaklende skulde tigge om hans Hjælp.

— Carsten Løvdahl pustede ud efter hin Generalforsamling; og det var med Glæde han saa Hamburgeren gaa ud af Fjorden med Christensen ombord.

Da Sommeren nærmede sig, blev Forretningen flauere; Folk reiste bort eller havde Besøg fra andre Kanter; og imidlertid løb Vexlerne sin vante Gang ud og ind af Bankerne, der lignede Sluser, hvorigjennem Strømmen brusede ved Middagstider, for til Eftermiddagen at efterlade en Kasse af den allerbegrædeligste Tomhed.

I Professorens rummelige Hus var hele den Meinhardtske Familie paa Besøg; og den forøgede Husholdning blev ført med en hensynsløs Rigelighed, som satte Fru Meinhardt i Henrykkelse.

Den gamle vindtørre Assessor blev derimod urolig; han begyndte at snuse og undersøge, gjorde nogle Beregninger og endte en Dag med at foreslaa for Professoren at overføre paa den lille Sønnesøn en og anden af de faste Eiendomme.

Abraham havde aldrig gjort store Fordringer som Forretningsmand, hvorfor det faldt Assessoren mindre vanskeligt at dreie Sagen saaledes, at dette Forslag ingenlunde fremkom af nogensomhelst Mistillid til Professoren. Det var bare, for itide at sikre Familien i Besiddelsen af de faste Eiendomme, om selve Forretningen ikke skulde vise sig at gaa ligesaa glimrende i Abrahams Hænder.

Paa denne Maade kunde ogsaa Professoren lettere acceptere Forslaget, som ellers tiltalte ham; og de to Bedstefædre forfattede en Del juridiske Mesterstykker af Gavebreve og Overdragelsesdokumenter, som gjorde lille Carsten til en holden Mand, mens han gik ovenpaa og brølede, fordi han ikke fik flere Kirsebær.

Dette fik ikke Abraham noget at vide om; han var saa optaget af Arbeidernes Anliggender. Det var hans stadige Emne — deres Byggefond, som voxede saa smukt, at der snart kunde være Tale om at reise et Samlingshus. Sagfører Kruse overlod Styret til sin yngre Ven, da Abraham var agtet og afholdt af alle.

Abraham nærede ikke længer nogen Uro for den Forandring, han havde troet at spore i sin Faders Væsen; og mente nu, da alt gik saa glimrende, at den rastløse Uro var Virkelyst; og han maatte bare beundre denne store Mand, som med Aarene bestandigt udfoldede større Kraft. —

En Dag, Abraham var i Kontoret, raabte Faderen ind til ham:

„Har d u nogle Kontanter at laane os; Marcussen er ikke pr. casse."

„Jeg har jo ikke andet — ved du, end Sparebanksbøgerne for Byggefondet og for —"

„Ja — kom med det, du har; saa skal vi sætte Beløbet ind igjen imorgen eller en anden Dag."

Abraham skyndte sig at hente sit Skrin i Kontorets ildfaste Skab.

„Se her — Far! er det ikke stolt? Byggefondet har snart tolv tusinde Kroner og Sygekassen er hellerikke saa gal —"

„Godt — godt! " — svarede Professoren hurtigt og greb Bøgerne.

„Vil du have altsammen?" — spurgte Abraham leende.

„Nei — vi tar det, vi behøver idag."

„Og saa maa du godtgjøre mine Folk Renten — helst lidt klækkeligt, naar du sætter Pengene ind igjen imorgen."

XIII

Det var en kold regnfuld Morgen i Slutten af Høsten. Den Meinhardtske Familie var forlængst reist fra Professoren, og Abraham var paa en Forretningsreise nordover i Fabrikens Anliggender.

Der havde været en underlig Stilhed over Byen i flere Dage; en aandeløs Forventning, hvori de urimeligste Rygter flagrede uvisse omkring; alle Tunger var færdige til at tage fat, og det var rent ud af Mangel paa faktisk Stof, at man fortalte hinanden de taabeligste Ting, som ingen troede paa.

Thi nu var Luften ganske opfyldt med disse smaa fine Miasmer, hvoraf Rygter dannes; og den Fornemmelse vandt i Styrke, at noget uhørt, skrækkeligt forestod.

Arbeiderne paa Fortuna stod bekymrede og fortalte hinanden, at Fabriken skulde nedlægges. Der var ingen, som vidste, hvor det kom fra; men jo ivrigere nogle enkelte var til at benægte og gjøre Nar af dem, som troede sligt Snak, desto fastere stod det for de fleste. Det laa i Luften, at vente noget ondt.

Direktørerne i de forskjellige Banker turde ikke se hinanden i Øinene. I de sidste Dage var der kommet foruroligende Forespørgsler fra forskjellige Kanter, høflige Anmodninger om at indskrænke visse conti; tilslut var det blevet Telegrammer om yderligere Garanti eller ligefrem Nægtelse af Kredit for flere Navne.

Det var en Mandag Morgen efter en bevæget Uge, i hvilken Carsten Løvdahl havde trasseret paa noget nær alle sine Forbindelser til store Beløb og paa tildels ganske nye Papirer.

Allerede Lørdag Eftermiddag havde Marcussen faaet et Par allarmerende Telegrammer; men han lagde dem tilside ifølge Husets Skik: Lørdag Aften var Professorens Kortparti, og Søndag var Helligdag.

Men Mandag Morgen havde der samlet sig en Braade Telegrammer paa Marcussens Pult, — en Flok forbandede Rovfugle — tænkte han, mens han trak sin vaade Frak af.

Han begyndte med at lægge dem udover Pulten i smaa Houge, eftersom han gjennemløb dem. Men tilslut sopte han alle Telegrammerne sammen i en Bunke og slog sin store Næve ned i den.

Rasmus nærmede sig med den sorte Lærtaske, for at modtage de sædvanlige Ordres for Dagens Operationer i Bankerne; men Marcussen bad ham reise til Helvede og tage Tasken med sig.

Derpaa samlede han efter et Øieblik Betænkning alle Telegrammerne i én Haand og gik ind i Professorens Kontor, lukkede Døren efter sig og trak Portieren for.

Carsten Løvdahl havde staaet ved Vinduet og stirret ned i Haven; han vendte sig heftigt og sagde:

„Hvad er det? — Marcussen!"

Professorens Ansigt var næsten askegraat, og Øinene laa dybt i Hovedet. Han havde ikke sovet i flere Nætter; og de sidste Dages Anstrængelser for at holde sig oppe mod alt Haab, de vilde Planer, den fortvivlede Vished, som fra alle Kanter stak Hovedet frem — alt dette havde vrængt den store statelige Mand om til en jaget Forbryder.

„Hvad er det? — Marcussen!"

Endog Stemmen var forandret, — raa, somom den ukjendt med den menneskelige Tale kom lige fra Dyret.

Marcussen skalv af Sindsbevægelse; han lagde Telegrammerne foran Chefens Plads. Løvdahl satte sig tungt i Lænestolen.

„Telegrammer! — Telegrammer — altsammen? — fra Donner? -fra Kristiania? — hvad skal dette betyde — Marcussen! — hvorfor bringer De mig alt dette hulter til bulter? — har jeg ikke sagt Dem, at det er Deres Arbeide og ikke mit at besørge den daglige Ordning af Papirerne? — svar mig — Menneske! staa ikke der som en Stok! — hvad betyder det?"

„Hr. Professor Løvdahl!" — svarede Marcussen og Taarerne steg ham til Øinene: „det betyder, at vi ikke kan klare det længer."

„Hvad siger han?" skreg Professoren og reiste sig helt op; „kan vi ikke klare det længer? — siger han? — mener De - Menneske! mener De, at jeg — at Carsten Løvdahl skulde være fallit?"

Som et Lyn fór hans stive Øine omkring i Stuen, da Ordet var nævnt, — dette Ord, han havde kjæmpet med Dag og Nat i de sidste Aar; dette Ord, som aldrig veg, som listede sig frem paa hans Læber, naar han sad alene i Kontoret, som pludselig susede for hans Øre, naar muntre Gjæster priste hans Vin, og som han læste i hvert Menneskes Øie, der hilste ham paa Gaden.

„Hys — hys! — De lukkede vel Døren? — laas Døren — Marcussen! vi maa ikke tabe Hovedet, vi maa finde Udveie —, alt kan ikke være tabt, — umuligt! — lad mig se — lad mig se disse Telegrammer — allesammen!"

Og den gamle Mand tog Telegrammerne, som raslede i hans skjælvende Hænder; han saa snart i et, snart i et andet, spredte dem udover Pulten og samlede dem igjen, indtil han sank sammen med Hovedet i Hænderne og stønnede høit.

Marcussen sagde siden, han vilde heller, de skulde meldt ham et Par Tvillinger end oplevet dette Øieblik; tilslut gik han hen og lagde sin Haand paa Chefens Skulder.

Professoren saa op og reiste sig med Besvær:

„Gaa Marcussen! — og slip ingen ind til mig."

Udover Formiddagen gik Forretningen tilsyneladende som almindeligt. Mæglere og Agenter kom ind og talte med Marcussen; der blev givet Ordre ud til Fabriken, og Kassereren sad bag sit Gitter, Folk kom og gik med Penge. Men lille Rasmus krøb sammen i en Krog og stirrede ufravendt paa Marcussen; at han ikke skulde i nogen af Bankerne med et eneste Papir, — det kunde han ikke forstaa; og han grundede over, hvad det skulde betyde.

Men da Klokken gik til et, kom Taraldsen travende — det gamle Bud fra Norges Bank; han løb altid i smaat Lunt og svingede med Armene.

Foran Marcussens Pult stansede han og hilste; et uvist Smil dirrede paa hans gamle Ansigt, idet han spurgte:

„Det er — hm! — naturligvis en Forglemmelse?"

„Hvilket?" sagde Marcussen tørt.

Smilet forsvandt ganske, og aandeløs af Overraskelse spurgte Taraldsen igien:

„Skal Deres Vexler ikke indfries idag?"

„Nei."

„Hr. Marcussen! Folk siger, De er en spøgefuld Mand; men dette —"

„Jeg spøger ikke — for Fanden!"

Gamle Taraldsen rettede sig; hver Mand sad bøiet over sit Arbeide; alene lille Rasmus's Øine mødte hans. Gutten var bleg af Skræk; han begyndte at forstaa.

Ogsaa for gamle Taraldsen begyndte det at klarne; men strax efter blev han igjen ganske forvirret; thi han kjendte hele Omfanget af dette; hele Byens Vexelforbindelser havde han i sit Hoved; og skjønt han jo havde seet meget af denne Art i sit lange Liv, saa var det altsammen Smaating imod det, som nu skulde ske.

Han skalv i Maalet, da han næsten høitideligt spurgte:

„Skal Carsten Løvdahls Papirer gaa til Protest?"

„Ja —" svarede Marcussen uden at se op.

Gamle Taraldsen luntede ud af Kontorerne; men paa Trappen mødte han Aktiebankens Bud:

„Er det sandt? — Taraldsen!"

„Nu styrter hele Byen," svarede den Gamle og slog ud med Armene.

„Er det sandt? — er det sandt?" fór udover hele Byen; og da Visheden kom, stansede alt —, hvert Arbeide, hver Samtale, hver Tanke stansede; og dette nye optog hvert eneste Menneske helt ned til Børnene, som med store Øine og forfærdede Miner spurgte hinanden: „har du hørt, at Løvdahl er gaaet fallit!"

Klokken et var Børsen forsamlet. Saa pludselig var dette kommet, at Konsul With, som blev fuldstændigt ødelagt ved Løvdahls Fald, kun ved et tilfældigt Møde paa Gaden med en Bankdirektør forhindredes fra at indfinde sig paa Børsen.

Han vendte om, gik hjem og lukkede sig inde i Kontoret.

I Børssalen var der stille, og Folk gled omkring uden at se paa hverandre; de syntes allesammen, at de med et vare blevne saa luvslidte.

Bænkene oppe i Millionkrogen — som den kaldtes — stod tomme; og de Medlemmer af Ringen, som var tilstede, foretrak idag at staa i Gruppe fremme paa Gulvet.

Ikke engang Garman & Worse sad paa sin gamle Plads; og disse tomme Bænke deroppe smøg sig lig en stum Skræk langs Væggene rundt hele Salen: ingen turde sætte sig, somom de frygtede, at de ikke bar, at alle Bænkene var raadne, at en almindelig Bankerot skulde sønderbryde alt og kaste dem alle overende.

Et Par yngre Kjøbmænd prøvede at være flotte; men de opgav det strax; og da deres Stemmer igjen neddæmpedes til de andres Mumlen, blev Stilheden dobbelt uhyggelig.

En enkelt kunde ikke længer holde det ud, men saa paa Uhret og pillede af; og tre Minutter efter var Salen ganske tom.

Men udover Eftermiddagen sad bekymrede Mænd rundt om i sine inderste Kontorer og ransagede Bøgerne, gjorde Notitser, regnede sammen og rystede paa Hovedet.

Og i alle Bankerne var Direktionerne samlede; Bankbudene bragte den ene Efterretning værre end den anden, Telegrafbudene vare ikke bedre; og de arme Direktører, som hver for sig kunde have nok med sine egne Sorger, begyndte at skjælve for sin Bank, eftersom Kreds efter Kreds droges ind og opslugtes i den Hvirvel, hvori Løvdahl først var gaaet tilbunds.

Fra Christensens Bank blev der telegraferet Evropa rundt efter Bankchefen, som iaar havde taget en meget lang Efterkur i Italien. Og det var næsten, somom hele Byen følte en liden Lettelse, da der kom den Efterretning, at Bankchefen allerede havde forladt Hamburg paa Hjemturen.

Allerede Klokken fem havde man foruden de utallige Smaafolk, som vare plukkede, af større Fallitter følgende: Carsten Løvdahl — med Abraham K. Løvdahl, Aktieselskabet Fortuna, C. R. With, Randulphs Sønner & Co. samt Jørgen F. Kruse.

At Randulphs fulgte med With kunde man vente; der var Svogerskab mellem dem og ellers fælles Forbindelser. Men Forskrækkelsen var over al Beskrivelse, da han gik — gamle Jørgen Kruse!

Ikke blot, fordi han blev holdt for at være grundrig, hvad han ogsaa var; men en saadan liden forsigtig Høker, om hvem intet Menneske troede, at han nogensinde vovede 10 Kroner paa det uvisse, — at han nu viste sig indviklet i alle Løvdahls mest fortvivlede Affærer, med en Endossementsforpligtelse, der slugte alt, hvad han eiede og kanske mere til, — ja, da dette blev bekjendt, var det yderste naaet, og man blev ganske slap af Forskrækkelse.

Og med Kruse naaede Elendigheden langt udenfor Byen; thi han var Bøndernes Kjøbmand; og skulde nu alle hans Forskud og Fordringer inddrives med Sagførerfart af et Konkursbo, saa vilde mange gaa fra Gaard og Grund i de knappe Tider.

Medens den store Ulykke saaledes i al Stilhed aad sig udover som en Brand i en Torvmyr, larmede Sladderens uhyre Maskine og vævede sin spraglede Væv af Ondskab og Skadefryd.

Den længe opsamlede Trang kastede sig nu over det rigelige Stof med en rasende Appetit; og hvert eneste Menneske, der ikke var saa personligt berørt, at han sad i stum Fortvivlelse, tog paa at snakke og snakke og snakke, somom det gjaldt Livet at faa Tungen rørt.

Og Stoffet — saa rigeligt det var, slog snart ikke til. Man havde ikke nok med at følge Begivenhederne, som nu faldt Slag i Slag; men man ilede langt foran med Spaadomme og Antydninger; og det var somom de ikke fandt Ro, før den sorteste Fortvivlelse var naaet for alle.

Nogle tog det paa den Maade, at de grov frem alle Clara Løvdahls Silkekjoler og ærgrede sig over hver enkelt; for derpaa at forfriske sig ved Tanken om, at nu eiede hun ikke en Trevl paa sin Krop, naar det skulde gaa med Ret og Strenghed.

Andre sad mere godmodigt og udmalede for hverandre, hvorledes de maatte føle sig — disse Mennesker, der havde været saa uhyre rige, og som nu — bogstaveligt talt var bragt til Betlerstaven, ruinerede, sat paa Gaden.

Atter andre kunde ikke faa Fred for disse Millioner, som vare tabte; hvem havde faaet dem, etsteds maatte de jo være; men hvor Panden var den Masse Penge blevet af? — det havde de Lyst til at vide.

Saa var der ogsaa Medlidenhed; men den var svært blandet; og mangen liden Borger, som var gaaet fri under de Stores Fald, syntes endogsaa, at Øllet smagte ham særligt godt idag.

Men nedenfor alle disse — hos Arbeidsfolkene og dem, der levede fra Dag til Dag af sine to Hænders Arbeide for andre, — der var der fordetmeste en dump Stilhed.

Kun nogle faa udøste sig i Forbandelser og de værste Skjældsord mod disse Rige, som levede i Sus og Dus og lod Arbeideren slide; for saa en vakker Dag at lade ham staa paa bare Bakken uden Arbeide eller Fortjeneste.

Men de fleste taug stille og formanede sine Koner og Børn til at holde sig iro.

Kjendte de af Erfaring, hvor Kapitalen, naar den florerer, perser

Arbeideren til det yderste; saa vidste de ogsaa, at de aldrig i høiere Grad vare Slaver af denne samme Kapital end netop i de onde Dage, naar Straffen kom for de Stores Svindel og Overspekulation.

Thi de vidste godt, hvem det var, som nærmest skulde bære denne Straf. Nu stod de foran denne Tilværelse af Arbeidsløshed, ujævnt Arbeide, halve Arbeidsdage og lange, sultne Ledighedsstunder, — smaa Laan hist og her, den sidste Anvendelse af Krediten hos Handleren, senere Pantelaaneren og yderst ude paa Randen af Fortvivlelsen — Fattigforstanderens Venteværelse.

Derfor sad de stille og formanede sine til at holde sig iro, at ikke deres Klager skulde høres af denne forfærdelige Kapital — forfærdeligere end nogensinde, naar den styrtede som et Jordskred og væltede de Smaa under sig.

De begjærede intet andet end at faa arbeide; hver Muskel var villig til at spænde sig saa stramt, nogen vilde forlange, — de skulde takke til. Bare ikke sidde der og slappes hen i Sult og daarlig Mad; gaa ud om Morgenen, for at finde noget; — og komme hjem om Aftenen, for at møde de store Børneøine i Døren: om Far havde et Brød under Armen?

Gamle Steffensen prøvede naturligvis at fiske i rørt Vande; men en Flok fra Fortuna havde nær skamslaaet ham, da han skjældte ud Direktionen og Bestyrelsen og hele Kleresiet; efter det forsvandt han.

Nei — nei — Professor Løvdahl var en Hædersmand; den unge ogsaa; ingen skulde sige noget ondt om dem; kanske kom de paafode igjen; sligt var seet før. Ja enkelte vilde endog synes Synd i disse rige Folk som nu ikke vare rigere end en simpel Arbeidsmand.

Men det var ikke mange, som gik med paa det. Thi de vidste jo alle hvor underligt det har sig med de Folk, som er født i fine Klær. De blir i dem, hvordan det saa gaar. Man kan nok høre, at de har mistet alt sit og spoleret for andre ogsaa; alligevel var det dog aldrig hændt, at slige Folk kom helt ned til Arbeidsfolkene, boede og sled blandt dem. De blev ved at gaa i Frakke, spise varm Mad og røge Tobak, saa de kunde jo ikke lide saa farligt ondt.

Og det var dette, som var dem det allerufatteligste ved Kapitalen, men derfor ogsaa det mest imponerende: det maatte jo altsaa være Guds Vilje, at der skulde være denne store Forskjel, og at nogle bare skulde slide for andre og blive ved med det.

Men derfor var der ogsaa Gjengjældelsen. I Helvedes Pøl og Pine skulde de faa svie, fordi de her en stakket Tid havde levet i Rigdom og Vellyst. Husk den rige Mand, som tiggede Tiggeren om en Draabe Vand; men han fik den ikke; nei pines skulde de — alle disse Store og Mægtige —, man kunde nævne dem Navn for Navn, ned med dem i Ilden, og der skulde de brænde evigt — tænk evigt!

Men hvor meget end Præsterne prækede om sligt, saa var det ikke alle, der ret kunde fange Trøst i denne Tanke. Mange mente, det fik heller være det samme, om der ikke blev fyret fuldt saa hedt under de Rige i den næste Verden; naar bare de Fattige kunde slippe med at fryse lidt mindre i denne.

Saa var der ogsaa enkelte Rige som det vilde være Synd at brænde; — ja mon det egentlig var saadan Dødssynd denne Rigdom, naar hele Verden stræbte mod den? Det hang ikke rigtig sammen, naar en først tog fat paa det, — nei der var noget galt etsteds, hvor det saa var.

Ja — se det var ogsaa en Følge af Arbeidsløsheden — alle de forbandede Tanker, man fik i Hovedet af at sidde og glo i Væggen. Men Tanker duede ikke for Smaafolk; det gjaldt at lide og holde Mund! haabe — haabe og — fremfor alt ikke smage Brændevin.

Saaledes gik de mod Vinteren. —

— Men medens alt dette Sindsoprer bolgede rundtomkring, sad han, som var den nærmeste Ophavsmand, alene i sit store pompøse Kontor.

Han sad ikke i Lænestolen foran Lykkens Gudinde, men henne ved det midterste Vindu. Saaledes havde Carsten Løvdahl siddet timevis og stirret ned i den indelukkede Have. Undertiden var hans forjagede Tanker saa matte, at han næsten sov; undertiden stod Elendigheden, Skammen, Ydmygelsen midt fremfor hans Øine saa luende nær, at han holdt Haanden for.

Han havde kjæmpet med sin Kone; de uundgaaelige Øine havde været der, havde boret sig i ham; — og beseiret for sidste Gang opgav han Kampen og glædede sig feigt over, at disse Øine vare lukkede.

Men der var andre Øine, han skulde staa for: Abraham, Christensen, Clara — og hele den Hærskare, hvis Penge han havde spredt for alle Vinde; hvorledes — hvorledes skulde han bære det? — paa hvilken Maade var det overhovedet muligt at udholde saadant?

Noget vilde ligesom trække Tankerne hen mod en Udvei; men han stængte strax; det vilde han ikke.

Og atter begyndte de at strømme ind over ham alle Enkelthederne ved Skammen og Ydmygelsen. Det begyndte langt borte som en liden Kugle, der trillede mod ham, egte og øgte, indtil alt var samlet i en umaadelig stor Tromle, der rullede hen over ham og knuste ham ganske flad.

Eller mon det ikke skulde være muligt at holde Hovedet høit alligevel? han var dog altid Professor Løvdahl, Videnskabsmanden, Universitetslæreren; han havde lidt Skibbrud her blandt disse Kræmmere

— nuvel! — han var ikke længer rig; men han var noget mere end en Pengemand.

Aa nei! det gik nok ikke an at bære Hovedet høit. Snarere maatte han dukke sig saameget som muligt for at komme nogenlunde igjennem. Der var altfor meget i hans sidste Transaktioner, som baade Kreditorer og Øvrigheden maatte se med de allerblindeste Øine, hvis det skulde gaa. Han var nok ikke saaledes stillet, at det vilde tage sig ud, om han rettede sig iveiret; han krympede sig, men ned — ned maatte han.

At lade sig træde ihjel! — at ligge for Christensens Fod uden Spor af Magt; — uden anden Evne, uden anden Mine hele sit Liv efter dette end som en Hund tage Hug og slikke bagefter.

Og saa laa der jo et Vaaben lige ved Haanden; et Vaaben, han endog paa en vis Maade havde øvet sig i at bruge i den senere Tid.

Professor Løvdahl kjendte sin Tid og sit Samfund. Han vidste, at i denne Tid og i dette Samfund, hvor Kristendom faktisk ikke er til, men hvor alt beror paa, at det ikke blir nævnt; — hvor al Kraft er rettet mod at holde Aabenhjertigheden nede, at ikke hele det uhyre Spilfægteri med, at de er Kristne alle, — at ikke dette skal springe derved, at en efter en faar Mod til at bryde ud, til ærligt at sige: jeg spiller ikke mere med, — han vidste, at i dette Samfund er Hykleriet Livsmagten.

Han vidste, at intet er stærkt som dette Hykleri, der aldrig blinker; ingen Retskaffenhed, ingen Dyd kan afvæbne Ondskab eller beskytte mod Mistanke som det Hykleri, der aldrig skammer sig; han vidste, at den, som kunde iføre sig en fuld Rustning af dette Stof, hvormed de fleste Mennesker stykkevis bedækker sig, han vilde kunne gaa gjennem denne Skjærsild, som forestod ham, vinde nyt Fodfæste, — ja kanske gjøre sin Skam til en Glorie, som ingen vilde have Mod til at rive af ham.

Og dog nølede han. De sidste renslige Rester i ham oprørtes mod denne dybe Gemenhed; han mindedes sin Ungdom, sin Videnskabs klare, korte Dag, han tænkte paa Wenche Knorr, og han kunde ikke lade sig glide ned i den slimede Afgrund.

Men hvad hjalp det; det kom igjen og det kom igjen. Det vilde ikke se mistænkeligt ud; Prøvelser har ført saa mange til Religionen; og desuden havde han allerede længe fulgt Clara i Kirke og deltaget i hendes gudelige Forsamlinger; — hvorfor? — om ikke netop fordi han havde havt en uklar Trang til en Udvei, dengang den store Ulykkes Mulighed begyndte at dæmre for ham.

Om han nu — en gammel, nedbøiet Mand foldede sine Hænder: Herren gav, Herren tog, Herrens Navn være lovet!

Ja Abraham var det værst med; men de andre skulde han magte — det følte han. Og alligevel endte det ikke med, at han bevidst valgte at være Hykler; men den lille Bagdør i Panelet blev revet op, og Kapellanen styrtede ind.

Han løb lige mod Professoren, kridhvid i Ansigtet, perlende af kold Sved.

„Mine Penge — mine Penge! —" raabte han hæst.

Professoren havde reist sig og holdt sig fast ved Vinduskarmen; hans Læber dirrede og hans Øine fæstede sig stivt paa Præstens fortrukne Ansigt; men han kunde ikke tale.

„Far er ødelagt — jeg ved det! — men mine Penge? — Fredrikkes Penge? — de er i Behold — ikke sandt? — naturligvis! — lad mig faa dem strax."

— „Hvad? — De har dem ikke? — de er borte — tabte — forsvundne! — o skrækkelige Menneske! De har bedraget os! De skal straffes — nei — De skal bare skaffe mig mine Penge tilbage."

Professoren havde nogle Secunder været lamslaaet; nu løftede han sin hvide Haand, smilte vemodigt og svarede:

„Min kjære Pastor Kruse! — De ved selv, at jeg i dette Øieblik desværre ikke er istand til at skaffe Dem disse Penge. Men jeg skal gjøre noget andet for Dem, — noget, som kanske kan være vel saa godt og gavnligt for Dem."

„Hvad er det? — Skynd Dem! — De ved en Udvei! — aa Gud være lovet!"

Morten Kruse sitrede over hele Legemet; der var endnu Haab; denne mærkelige Mand, til hvem han havde havt saa blind en Tillid, han havde maaske endnu en Hjælp — en Hjælp for ham alene.

Professoren lagde faderligt sin Haand paa hans Skulder og sagde:

„Jeg vil bede Jesus, at han vil hjælpe Dem."

Præsten tumlede bagover, somom de havde slaaet ham med dette Navn i Ansigtet; de to Mænd stod urørligt stille og holdt hinanden fast i Øinene; den fælles Hemmelighed bandt dem, hvem havde Ret til at sige Ordet til den anden? — den ene havde ikke et Ord at sige den anden, og Præstens Blik gled først væk; han greb sin Hat og tumlede ud.

Carsten Løvdahl sank ned i Stolen; det var hans første Seier.

Det store Kontor laa i Eftermiddagens Skygge; kun enkle gule Solstraaler fandt Vei gjennem de forpjuskede Lindeblade, og faldt skraat ind i Værelset henover Manden ved Vinduet, henover det tykke Tæppe; og henne paa Bordet traf en Straale den broncegyldne Fortuna, der halvt svævende rakte sin Krans mod den tomme Lænestol. —

— Kun i ét Hus i Byen herskede ublandet Glæde.

Fru Bankchef Christensen hang om Halsen paa sin netop hjemkomne Mand og bad ham hulkende om Tilgivelse, fordi hun saa skammeligt havde miskjendt ham; og halvt sanseløs af Sindsbevægelse laa hun og fablede om alt det, hun vilde kjøbe paa Løvdahls Auktion.

Det var næsten som et Tableau.

XIV

Clara fik vide det paa den Maade, at hun syntes, Pigerne var saa underlige; men da hun spurgte, fik hun ikke anden Besked, end at der vist var noget paafærde nede i Kontoret.

Hun blev nysgjerrig, men generede sig for Svigerfaderen og sendte Bud efter Marcussen.

Fru Clara var i en nydelig Kjole i brune Farver; hendes Figur var bleven fyldig; den blege, blodfattige Baldame havde Ægteskabet forvandlet til en fastbygget, henrivende Skikkelse.

Marcussen havde været i Unaade en Stund; nu skulde han faa lidt Solskin igjen; Fru Clara gik ham imøde og rakte ham smilende sin Haand.

Aldrig havde vel Marcussen været mindre oplagt end idag; men han mistede alligevel næsten Pusten, saa deilig var hun, og hans Øine flammede et Øieblik, saa at selv Clara, som ikke var ræd af sig, maatte se bort.

„Kom sæt Dem — Marcussen! det er saa længe siden —"

De satte sig i hendes lille Sofa under den uundgaaelige Viftepalme; og Marcussen — lig en god Jagthund, som føres paa Sporet, var strax med, glemte al Dagens Sorg, spændt og rede: om det alligevel skulde blive til noget med dette Pragtfruentimmer, som han saalænge havde snuset omkring.

„Men først maa De fortælle mig, hvad der er passeret i Kontoret idag? — mine Piger paastaar, der er noget paafærde?"

Ja var det da ikke ogsaa Fanden! Marcussen kom paa Hovedet ud af sine begyndte Drømme; han bandte og fór op af Sofaen og glemte ganske sine fine Manerer.

„Hvad gaar der af Dem? — Hr. Marcussen! — hvorfor slider De i mine Blomster? — lad være! — og kom og fortæl, hvad der er iveien; formodentlig en af Deres egne Historier — midt i Kontoret? — hvad?"

„Nei Pinedød — Frue!" brød Marcussen løs; „dennegang er det ikke nogen af mine Historier, — gid det bare var d e t! — nei Frue! — det er værre — aa tusinde Gange værre. Og De maa tro mig, — det er mig saa pinende tungt baade for Professoren og for Dem, — ja for Kandidaten ogsaa —"

„Men Gud! — Marcussen! — græder De? — hvad er det da? — svar!"

„Ja det kan jo ikke nytte at ville skjule det for Dem; vi har stanset."

„Stanset? — hvem? — hvad? — jeg forstaar ikke et Ord!"

„Forretningen — Huset —, Carsten Løvdahl har stanset."

Fru Clara udstødte et Skrig, som drev Marcussen paa Dør; det var den eneste Ting, han absolut ikke kunde udholde: Kvinder, som skreg.

Pigerne kom styrtende; Fruen laa paa Sofaen i Krampe eller hvad det var, og var aldeles fra Samling.

Professoren vilde ikke komme op; han gav Ordre til, at der skulde sendes Bud efter Doktor Bentzen.

Den første Følelse hos Clara, da Besindelsen vendte nogenlunde tilbage, var Raseri mod dem, der havde ført dette over hende; ikke saameget Professoren, han imponerede hende altid.

Men Abraham! — det Fjog af en Mand — altsaa var han ikke engang rig! — hun var bedraget, snydt!

Og hendes Kjoler! — hendes Smykker-hvad? — solgte de ikke saadanne Ting, naar nogen „stansede"? — jo! — det vidste hun; — men h e n d e s? — min Gud! hun maatte blive gal; skulde hun begynde at være tarvelig, spare omkap med Fredrikke for fuldt Alvor? — det var ikke muligt, — det var Galskab!

Et Telegram blev bragt Fruen; hun slængte det fra sig; det var naturligvis fra Abraham! det skulde vel være Trøst; — men hun vilde ikke trøstes, allermindst af ham; hun vilde ikke læse Telegrammet — aldeles ikke.

Men et lukket Telegram er ikke saa let at lade ligge; og da Fru Clara et Par Gange havde passeret det, som hun løb op og ned i Stuen vridende sine Hænder, — rev hun det op.

Det var fra hendes Fader og lød saaledes: Godt Mod! — med Klogskab, Forsigtighed kan meget reddes, skriver nærmere.

En Straale af Haab! — alt var ikke tabt! — aldrig havde hun vidst, at hun holdt saa meget af sin Far som i dette Øieblik.

Meget kunde reddes — reddes? — Clara var med en Gang bleven stærk, foretagsom, resolut.

Hun havde nogle Begreber om Retsbetjente, Auktion og sligt; men meget klare var de ikke; kun vidste hun, at alt det var fiendtligt; og at man kunde og burde narre Lovens Mænd.

Hastigt løb hendes Blik rundt Stuen; der stod to massive Sølvlysestager paa Kaminen. Som en Ravn kastede hun sig over dem, fløi ind i sit Soveværelse og gjemte dem paa Bunden af sin Skuffe under sine egne

Linneder.

— Og den første af de deltagende Veninder, som havde været oppe hos hende, maatte berede den øvrige Kreds en Skuffelse: Clara Løvdahl var slet ikke sønderknust; tværtimod! — hun tog det paa saadan en nydelig Maade.

Hun havde talt om, at nu maatte de naturligvis alle arbeide i den yderste Tarvelighed; men hun gruede slet ikke for sin egen Part; hun havde egentlig aldrig sat Pris paa Luxus; kunde bare hver Mand faa sit, saa skulde hun være glad og ikke klage. —

— Abraham var paa Hjemreisen sydover, da han fik Telegram fra Peder Kruse; det blev bragt ham ombord paa Dampskibet ved et Anløbssted.

Først kunde han ikke forstaa det; et Øieblik tænkte han endogsaa, det maatte være en grov Spøg; men det lignede ikke Kruse.

Og nu — som han stod agterud paa Dækket med Telegrammet i Haanden, var han med et blevet ganske alene med Rormanden, alle de andre vare forsvundne; og det faldt ham nu ind, at hans Reisefæller allerede fra igaar havde været saa besynderlige mod ham.

Da gik det op for Abraham, at det var det alvorligste Alvor; og han skyndte sig ned i sin lille Kahyt; og mens Søen susede skummende forbi det lille runde Vindu, overgav han sig til de pinlige Tanker og prøvede at maale og forklare sig den store Ulykke.

Han tænkte først og fremst paa sin Far; hvad han maatte have lidt i lang Tid! Men dernæst eftersom alle de sørgelige Følger enkeltvis dukkede frem, sank han dybt i Sorg og Mismod. Det kjære gamle Hus, hans Barndoms Have, de tusinde Gjenstande, hver Krog fuld af Minder — forlade det altsammen; gaa tomhændet bort og se fremmede rykke ind og slaa sig tilro.

Og lille Carsten skulde ikke lege efter ham i den indelukkede Have og kaste Sten efter Kattene; og der blev ikke noget af den lille Pony, som Abraham havde fantaseret om, naar han tænkte fremover i Guttens Barndom. Lille Carsten skulde gaa ud i Verden som Søn af en Mand, der ikke havde betalt sin Gjæld.

Det var egentlig første Gang at Livet tog et saadant Tag i ham, at han følte sig henvist til sig selv alene. Ellers havde han altid havt sin arvede Plads blandt de Sikre; i dette Øieblik kjendte han sig uden Rygstød ansvarlig for en Søn, som skulde frem i Verden, og som ikke havde andet at stole paa end sin Far.

Men ud fra denne Tanke strømmede en forunderlig Kraft. Nu var den vist kommen endelig den store Leilighed, da Abraham Løvdahl skulde vise, hvad han evnede, naar først Opgaven var stor nok for hans Vilje.

Ja nu var omsider hans Tid kommen. Grete skulde blive glad; selv Clara skulde lære at paaskjønne ham. Men først ud af dette Kjøbmandsskab! — helt bort fra det altsammen; det havde været en Forbandelse for dem alle, — nu indsaa han det. Lad Kreditorerne tage hvad der er; og saa med tomme Hænder til et nyt Liv af beskedent Arbeide.

Denne Tanke gjorde ham saa varm i Hovedet, at han maatte aabne det lille Vindu, for at friske sig med det salte Skum, som sprøitede ham i Ansigtet; han kjendte sig saa stærk og fuld af Haab.

Han saa allerede deres fredelige Hjem i en af de mindre Kystbyer, Steffensens skulde ogsaa flytte. Den berømte Professor Løvdahl skulde igjen tage fat paa sin Praxis og Abraham skulde hjælpe ham. Det blev vel umuligt nu at tage den medicinske Embedsexamen; men han havde jo sin juridiske; den maatte da ogsaa kunne bruges til noget.

I denne Stemning kom han hjem i Mørkningen fjerde Dagen efter Konkursen.

Abraham gik ukjendt op i de mørkeste Gader og naaede sin Fars Hus gjennem et Smug bag Haven. Hele nederste Etage var mørk og nedrullet; kun ovenpaa i hans egen Leilighed var der et enligt Lys; hans Hjerte slog varmt: det var hans lille Søns Kammer.

I Gangen nedenunder studsede han over, hvor stort og tomt det var. Men strax mindedes han det gamle Skab, hvor hans Mor havde Dækketøi. Det var fra Bedstefar Knorr og havde været i Familien over hundrede Aar; nu var det borte; formodentlig skulde det til Auktion; kanske var det alt solgt.

Abraham stansede og lænede sig til Trappen; det var dog forfærdeligt bittert — det, han nu skulde gaa igjennem; Stykke for Stykke at slide sine kjæreste Minder ud; at se alt, hvad der var ham dyrebart, gaa over til fremmed Ligegyldighed.

Men han strammede sig op; saaledes skulde det netop være, — ja han var glad ved at se, at Begyndelsen var gjort, og han steg langsomt op ad Trappen.

— Ovenpaa havde de ventet ham beggeto — Clara og Professoren. Disse Dage havde bragt dem end nærmere til hinanden; og uden at der mellem dem behøvedes Ord og udtrykkelig Aftale, arbeidede de begge hver paa sin Vis, for at formilde Ulykken og redde, hvad reddes kunde.

Fru Claras første opblussende Vrede mod Professoren var hurtigt veget, da den dybt nedbøiede Mand bragte hende nogle Dokumenter, som viste, at lille Carsten allerede længe havde eiet mere end Moderen anede. Og Professoren havde ikke havt nødig at lade falde et lidet forskræmt Vink om, at de Papirer var det ikke værdt at vise Abraham strax; hun forstod fuldkomment. Begge var de spændt og ængstelige for hans Hjemkomst — hver paa sin Maade.

Professoren frygtede Abraham mest af alle; og lige til sidste Øieblik vidste han ikke hvorledes han skulde møde sin Søns Øine. Maatte han ikke vente, at Abraham med sit heftige Sind vilde komme stormende med Bebreidelser, fordi hans Liv var forspildt, hans Fremtid, hans Navn, hans Ære — alt trukket ned i Faderens Ruin.

Der var intet at svare til alt dette — aldeles intet; thi det var sandt altsammen.

Han havde selv fra først af opdraget denne Søn til fuldstændig Afhængighed og Beundring; lige til det sidste havde han skjult alt, hvad der i Abrahams Øine kunde kaste den mindste Skygge over ham; — og nu! — nu vidste han ikke nogen Skygge, hvor han kunde krybe iskjul.

— Fru Clara var ogsaa bange for Abraham; men paa en anden Maade; ogsaa hun kjendte hans Sind; men hun tog itide sine Forholdsregler. Det hun frygtede var, at Abraham med sin sædvanlige Tilbøielighed til Overdrivelse vilde opgive det hele, kaste alt i Kreditorerne og gjøre rent Bord. Hun vidste saa godt, at han aldeles ikke vilde være med paa at redde, hvad reddes kunde, og derfor imødesaa hun hans Hjemkomst med stor Ængstelse; han var istand til at ødelægge hele hendes Værk, — det samme havde ogsaa staaet i et Brev fra Assessor Meinhardt.

Abraham Knorr Løvdahl var selvfølgeligt gaaet til Konkurs samtidigt med Carsten Løvdahl; men Sønnens Bo var jo i Virkeligheden en Latterlighed; han var medansvarlig i næsten hele Firmaets Gjæld, forsaavidt som hans Navn var brugt paa alle Vexler i det sidste; og saa eiede han faktisk ikke andet end sine Møbler.

Den lovlige Registreringsforretning ovenpaa hos de Unge fik derfor næsten et Skjær af Humor. Enten Kreditorerne fik ½ eller ¼ Procent af dette Bo, var virkelig ganske ligegyldigt i den uhyre Underballance. Og Byfogdens Fuldmægtig gik desuden og vred sig overfor Fru Clara, som absolut vilde følge ham fra Værelse til Værelse, for at aabne alle Døre og Skabe og vise ham, hvad der var at skrive op.

Det var faa Uger, siden han havde danset med hende i disse selvsamme Stuer som en liden beskeden Gjæst, og nu skulde han tælle hendes Theskeer! — det var virkelig mere, end man kunde forlange af en ung velopdragen juridisk Kandidat; og Byfogden selv gik jo aldrig til en saadan Forretning.

Derfor blev det nok en temmelig mangelfuld Fortegnelse; og da det kom til Auktion, gav det Anledning til megen Spydighed blandt Folk, at dette overdaadige Hus viste sig saa paafaldende slet forsynet i Retning af

114

Sølvtøi og andre værdifulde Gjenstande. Men andre hævdede derimod med stor Styrke, at Fru Clara havde lagt alt aabent og intet stukket tilside. Man kunde jo ogsaa vide, til hvilken Grad hun havde plukket sig, naar man hørte, at det skulde sælges — det berømte, japanesiske Sybord fra afdøde Fru Løvdahl, som Fru Clara godt kunde have beholdt, da det var en Bryllupspresent fra Professoren.

Hvor det nu var blevet af eller ikke, saa var der allerede ved Abrahams Hjemkomst saa tomt og tarveligt i Stuerne, at alle maatte lægge Mærke til det.

Fru Clara havde ordnet det saa, at der var mørkt i Gangen, hvor der før brændte en prægtig Gaskandelaber; det eneste Lys kom fra en Glasrude i Kjøkkendøren. Spisestuen var ogsaa mørk og kold; de skulde spise i Dagligstuen, for ikke at lægge i to Ovne.

Hun var ganske vis paa, at Abraham vilde bemærke disse Smaating; og hun haabede, at det skulde gjøre godt. Naar man bare kunde vinde Tid med ham og føre ham ind paa det rette Spor, saa var alt vundet. Siden kunde der nok komme baade Lys og Varme, og alt det forsvundne kunde komme ned igjen fra Loftet, men stykkevis — med Mellemrum.

Da de hørte ham i Forstuen, begyndte Professoren at skjælve, saa han maatte lægge Avisen fra sig; men Clara reiste sig og løb sin Mand imøde i Spisestuen.

Saaledes var Abraham aldrig bleven modtaget af sin Kone; og han havde i sit stille Sind frygtet noget helt andet. Fra han fik vide Ulykken havde han stræbt at tænke mindst paa Clara; hun vilde efter hans Beregning være fuldstændig knust, fuld af Klager — kanske af Bebreidelser.

Og nu løb hun ham imøde — kjærlig, freidig, næsten glad! men saa underligt fremmed i den sorte smykkeløse Uldkjole, og dog saa net og nydelig, somom Tarveligheden just var det, som klædte hende allerbedst.

Han blev ganske varm og fortryllet af hende; og da han saa mødte Faderen, der ventede med bævrende Mund, en bøiet Olding, kastede han sig i hans Arme:

„O Far! stakkels Far! hvor har du havt det ondt!"

„Kan du tilgive mig? — Abraham!"

„Tal ikke saa — Far! lad os alle tilgive hinanden og begynde et nyt Regnskab, som skal stemme bedre — ikke sandt?"

„Jo med Guds Bistand," svarede Professoren med et langt Suk; det værste var overstaaet.

De stod et Øieblik alle tre Haand i Haand og betragtede hinanden med Smil, som næsten vare glade; det var gaaet over Forventning for alle tre — det første Møde; og hver tog sit Haab, men fra vidt forskjellige

Kanter.

Pigen forstyrrede dem med et Bud fra Sagfører Kruse, at Kandidaten maatte endelig komme hen til ham strax.

Professoren fór sammen og saa igjen ængstelig paa Sønnen; men Clara sagde til Pigen:

„Lad Budet svare, at Kandidaten er netop kommen hjem; han er altfor træt af Reisen til at gaa ud iaften. — Det er virkelig ogsaa temmelig hensynsløst at sende Bud efter dig strax."

Abraham syntes ogsaa, det maatte kunne være tidsnok imorgen; og nu begyndte han at se sig om.

„Ja — du ser dig om," sagde Clara; „jeg har sendt alt, som skal sælges, ned i Fars Stuer, hvor det staar til Auktionen; jeg troede, du vilde lige det bedst, at intet blev holdt tilbage —"

„Naturligvis — kjære Clara! — jeg er saa glad, fordi du er saa modig og uforsagt; det var netop rigtigt af dig — skal jeg tilstaa det? — mere end jeg havde ventet af dig."

„Ja —" svarede hun med et resigneret Smil; „jeg ved jo desværre altfor vel, at du har meget ringe Tanker om mig, og altid tror, jeg bare gaar op i Pynt og —"

„Nei vist ikke! — det har jeg aldrig troet; og har jeg nogensinde gjort dig Uret i min Tanke, saa tilgiv mig nu."

Saa kom lille Carsten ind, for at sige Godnat — i sit Sengetæppe, søvnig og sød, og saa satte de sig tilbords i en hyggelig Krog henne ved Ovnen.

„Ja — du ser — Abraham! vi har ikke andet end Brød og Smør — og et Stykke Ost i Anledning af din Hjemkomst."

„Det er fortræffeligt — Clara! — jeg kunde ikke ønske mig det bedre," og han bøiede sig, for at kysse hendes Haand.

„Men du ser dig saa underligt omkring? — hvad savner du?"

„Er ogsaa — Mors Sybord —? — var det nødvendigt —?"

„Du vilde da vel ikke, jeg skulde beholdt det Pragtstykke?" — spurgte Clara skarpt; „det skulde rigtignok have givet Anledning til Folkesnak."

„Ja, jeg for min Del," indskjød Professoren; „jeg fandt virkelig ogsaa, at Clara med god Samvittighed kunde beholdt det; — det var en personlig Gave fra lykkeligere Dage."

— „Nei Far! Clara har alligevel Ret," svarede Abraham med Anstrængelse; „lad os tømme den bitre Kalk til sidste Draabe! — det var kjækt gjort af dig — Clara!"

Da de havde spist og netop skulde sætte sig hyggeligt om det runde Bord ved Sofaen, kom Pigen ind igjen med en Billet til Kandidaten.

„Hvad er det nu? — er det igjen den afskyelige Kruse?" spurgte Clara.

„Ja det maa være noget af særdeles Vigtighed, siden han skriver, jeg maa komme iaften; jeg faar vel gaa da."

„Det skulde du slet ikke; jeg er vis paa, det er tidsnok imorgen."

„Nei Clara! husk, vi er ikke længer uafhængige; har du taget din Byrde helt op, vil ikke jeg lade min ligge. Ydmyge os vil vi ikke, men vi faar bøie os — ikke sandt Far?"

Den Gamle mumlede noget og saa hele Tiden paa sin Søn; og da Abraham havde sagt Godnat og gik mod Døren, var det ligesom Professoren vilde reise sig, for at sige noget eller holde ham tilbage; men han sank sammen igjen og skjulte sit Ansigt i Hænderne.

Clara fulgte sin Mand ud, og bad ham under mange Kjærtegn komme snart hjem; hun vilde vente paa ham. Det huede hende slet ikke, at han strax skulde falde i Hænderne paa denne Kruse; han havde ogsaa nogle taabelige, overdrevne Anskuelser.

„Nei Clara! — hvor Far er bleven gammel!" sagde Abraham, da hun hjalp ham med Frakken; „tænk jeg saa ham skjælve, da han tog Thekoppen! og han, som har havt saa sikker en Haand — stakkels Far!"

Paa Veien var han endnu saa optaget af dette, at han ikke kom til at anstille Betragtninger over, hvad det vel kunde være, Kruse vilde ham.

— De var begge lidt forlegne, da de mødtes; Kruse trykkede hjerteligt hans Haand:

„Stakkels Gut! — det kom vel over dig som et Tordenslag; men jeg tænkte, det var bedst, du fik det fra mig —"

„Ja ja! — du skal have Tak for Telegrammet; det var vel betænkt af dig."

„Jeg sendte Bud efter dig iaften, det maa du undskylde, fordi jeg — rent ud sagt — har gaaet i den pinligste Uro i disse Dage — ja mange andre med mig. Det glæder mig at se dig saa freidig, for saa kan jeg vide, alt er iorden; men uforsigtigt var det —"

„Hvad mener du?" spurgte Abraham, og en dunkel Anelse om noget forfærdeligt sammensnørede hans Strube.

„Hvad jeg mener? — er du gal — Gut! Pengene naturligvis! — du har dem vel? — Arbeidernes Penge — Byggefondet og Sygekassen?"

Abraham pressede begge Hænder mod Siden, hvor han følte en Smerte, som efter et Slag i Hjertekulen; hans Hals blev tyk, og det var med Møie, han frembragte Lyd: „Far" —

„Javist — din Far har taget Pengene ud af Sparebanken, —— det ved vi! men det var naturligvis bare for en Dags Laan?" — Abraham nikkede.

— „og din Far leverede dig Pengene næste Dag?"

Abraham blev staaende med aaben Mund og vidt opspilede Øine.

„Guds Død og salte Pinel" skreg den lille iltre Sagfører; „I er da en Bande af Forbrydere allesammen! der gaar din Kone og gjemmer sit Sølvtøi og stjæler — ja jeg siger bent frem stjæler! — og din Far! — din s t o r e Fader! — ikke nok med, at han har ødelagt m i n Far og mangfoldige andre; men jeg skal bare fortælle dig et Træk, som viser, hvad han er for en; du har sagt ham, at Fru Gottwald havde nogle Sparepenge —"

„Nei!" — svarede Abraham; men blev rød idetsamme; thi forpint som han var i dette Øieblik, huskede han dog, at han en Dag ved Bordet havde fortalt om denne Idé med et Monument over lille Marius.

„Ser du?" raabte Kruse bittert; „du husker det. Hør nu: otte Dage før Konkursen var din Far her og lokkede Bankbogen fra Fru Gottwald under Paaskud af at ville skaffe hende høiere Rente! — hvad siger du til det? — skal jeg fortælle dig, hvad han er — din store Fader? — jo han er en ganske simpel Kjæltring!"

Abraham faldt bagover mod en Stol og var i flere Minutter besvimet. Kruse blev ræd og angrede sine Ord, og da han endelig fik den anden til at slaa Øinene op, sagde han:

„Du faar ikke være sint paa mig — Løvdahl! — men du kan vel vide, at dette med Arbeiderne fordærver mer end mit halve Liv."

Abraham tog sanseløs imod hans Haand, men det var klart, at han endnu var som lamslaaet. Kruse lod ham have Ro og gik imens op og ned i Stuen.

Efter en lang Stilhed sagde Abraham:

„Hvad skal jeg gjøre?"

„Det kommer an paa, hvad du k a n gjøre."

„Kan?"

„Hvad du har Kraft og Mod til."

„Du tror da vel ikke, at jeg vil gjøre mig delagtig —" han kom ikke længer; thi han stansede foran sin Vens Øine og et Smil, han kjendte, et halvt mismodigt, halvt foragteligt; og Abraham følte dette Smil svie i sit Hjerte.

Det var sandt; han havde hverken Mod eller Kraft til at bryde sig løs fra de andre, til at sige aabent og høit: se her! dette har min Far gjort, dette har min Kone gjort og dette har jeg selv gjort, — straf os, hvis det maa til; men lad os saa faa gaa udsonede til et nyt Liv.

Det kunde han ikke; han vidste det selv.

Skamfuld og uden at se op luskede han af; og Peder Kruse lukkede Døren efter ham.

Kun én Tanke var der i hans Hoved, et Navn paa hans Læber; han gik lige afsted, for at finde Grete.

Han var kommen gjennem de stille mennesketomme Gader saa langt, at der ikke var Gaslygter. Langs med Kanten af Veien var der sat store Stene, og dybt nede hørte han det tunge Drag af Bølgerne, som løftede sig opimod Fjeldet og raslede nedigjen — sugende og slidende i den seige Tare.

Abraham stansede, gik tilbage til den sidste Gaslygte, for at se paa sit Uhr.

Klokken var over ti.

Grete var vel iseng; men det gjorde ikke noget; han vilde bare faa Lov til at sidde ved Sengen, holde hendes Haand og høre denne Stemme, i hvilken der hverken var Svig eller Tvivl.

Men idet han vendte sig, for at gaa videre udover i Mørket, hørte han sit Navn raabt, og en sortklædt Dame kom frem fra Skyggen ved Kirkegaardsporten og ilede hen mod ham.

„Gaa ikke! — jeg beder Dem — Abraham! jeg beder Dem saa pent for lille Marius's Skyld! — gaa ikke alene udover i Mørket."

„Men kjære Fru Gottwald! — hvorfor maa jeg ikke gaa?"

„Fordi dette har jeg seet før, — og havde jeg dengang —"

„Naar? — hvem?"

„Deres Moder stod ogsaa her; gaa ikke — Abraham! jeg kan ikke holde det ud."

Først havde han troet, hun var sindsforvirret over Tabet af Pengene; men da hun nævnte hans Mor:

— „svar mig! kjære Fru Gottwald! svar mig! — hvad var det med Mor?"

„Ingenting. Spørg ikke. Jeg ved ingenting."

„Svar mig! De skal svare mig for lille Marius's Skyld," og han holdt hende fast; „hvad var det med Mor?"

„Jeg skal svare og sige alt, hvad jeg ved; men saa skal du ikke spørge mere — stakkels Abraham!"

Nu var hun som i gamle Dage Marius's Mor, og han var lille Marius's bedste Ven.

„Jeg har seet din Moder staa netop her, hvor vi nu staar; det var Nat og Mørke som nu; og hun saa paa sit Uhr og vendte derpaa Ansigtet op mod Gaslyset; — o! det Ansigt! — jeg stod der i Skyggen ved Kirkegaardsporten, og jeg gik ikke frem; jeg er jo den, som jeg er; og hun var Professorinde Løvdahl! Og dog saa jeg, hun var ensom og i Nød, og vi var jo begge Mødre! — var det ikke skrækkeligt feigt af mig? — og saa døde hun den samme Nat."

„Døde? — var det den sidste Nat? — hvor døde hun?"

„Din Moder døde i sin Seng," svarede Fru Gottwald fast; „men da jeg nu iaften kom nedover fra Marius og netop gik og tænkte paa dig og dine i denne store Ulykke, ja det var jo især paa dig, jeg tænkte — Abraham! — saa ser jeg foran mig dit Ansigt — saa ligt hendes; du tog dit Uhr frem, og stirrede derpaa op i Gaslyset —; — ja forstaar du saa ikke, at jeg fik en Angst for, at du gik ensom i Fortvivlelse?"

„Men Mor! — tror De da — Fru GottWald! tror De, at Mor —"

„Jeg hverken tror eller ved nogenting; men Mennesker, som ere ulykkelige, skal man ikke lade gaa i Mørket; kom, følg mig til Byen."

Hun tog hans Arm og de gik tause indover.

„Var min Moder ulykkelig?"

„Hvad ved jeg? — hvad ved det ene Menneske om det andet? — gjøre vi andet end bedrage hinanden? — nogle for det onde, andre for det gode. Jeg kjendte hende desuden ikke saa nøie; men hun var vist en sjelden Kvinde, og netop derfor —"

— „derfor? — siger De?"

„Ja kjære Abraham! — derfor var hun vel ikke lykkelig; — det pleier at være saa."

Han maatte love hende ikke at gaa udover; men han agtede ikke paa sit Løfte: det var ham umuligt at gaa hjem, og der var ingen Fare for ham, han tænkte hverken paa at springe i Søen eller skyde sig.

Og dog maatte han stanse og lytte efter det hemmelighedsfulde Skvulp af Bølgen dernede i den mørke Fjord, hvor Lysene fra Byen kom hoppende henimod ham i Striber af smaa Glimt. Var det ad denne mørke Vei, hans Mor havde tænkt at forlade Livet? — var hun gaaet frivillig —? — hvad skulde han tro?

Han gjennemgik sine Erindringer fra den Tid; aldrig havde han anet, at hans Mor var ulykkelig; først nu mindedes han, hvor besynderligt tungt hun kunde sige: stakkels lille Abbemand!

Men var der en Ulykke i hendes Liv, saa maatte den paa en eller anden Maade staa i Forbindelse med hendes Ægteskab; og det var det forfærdelige for Abraham, at alt idag samlede sig saa overvældende, for at knuse denne Fader, han i hele sit Liv havde seet op til, næsten dyrket med en Art Religion.

Den store Splid mellem Forældrenes Væsen — kun anet i Barndommen stod nu klart for ham, og nu vidste han ogsaa, hvad han skulde valgt: det som var knækket i Moderen, skulde blevet hans Livs Rygrad; og istedetfor det? — — der blev et forfærdeligt Øde i ham, og for hans øren ringede det med Kruses skarpe Stemme: I er da en Bande Forbrydere allesammen!

Mon det ikke alligevel var bedst at gjemme sin Skjændsel dernede, hvor der var saa sort og stille; saa var det forbi, saa kunde de sige, hvad de vilde om ham.

Hvad mon de vilde sige? — han begyndte at tænke over alle Følgerne og stansede ved den stakkels lille faderløse Carsten.

Men pludseligt vendte han sig bort med en Bevægelse, somom han væmmedes ved sig selv: han vidste, han turde ikke hverken nu eller nogensinde; han saa ligesom for sine Øine alle de smaa feige Trappetrin, ad hvilke han var steget ned — altid ned og ned ligefra sin Barndom til denne Stund.

Alle de store Ord, alle de glimrende Fantasterier, alle de smaa afmægtige Tilløb; al denne Trang til at være sand og modig, som altid gjækkende havde fulgt ham; alle de Muligheder, han havde havt paa Haanden; alle de Leiligheder, som havde budt sig — hvorfor? — hvorfor var det altsammen blevet den forsmædeligste Række af Nederlag.

Han trev sig i Fortvivlelse med begge Hænder i Haaret og raabte høit til sig selv:

„Hvad er der iveien med mig? — hvad er det for en Djævel i mig, som gjør, at jeg aldrig — aldrig kan fyldestgjøre for mig selv? — en feig Løgn, et Vrængebillede er mit Liv; — det er, somom hver Trevl i mig er forgiftet."

Grete! — Grete! — nu var der ikke andet i Verden; og han løb næsten udover.

Da han nærmede sig Huset, syntes han, Gadedøren stod saa underligt; han famlede i Halvmørke og fandt, at de havde løftet Døren af Hængslerne og sat den udenfor opimod Væggen.

Der var ikke den vante Lugt i Stuen: hellerikke var der — der var ingenting; — han gik langs Væggene i Kjøkkenet, i Kammeret, i Stuen: der var ingenting, aldeles ingen Verdens Ting undtagen Halm og Rusk, som han kjendte, han gik i.

Tilslut stødte han mod den Bænk indunder Vinduet, hvor han pleiede at sidde med Grete; den var fast i Væggen.

Her kastede han sig ned. Steffensens var reist; han forstod det hele: Grete havde hørt, at han havde taget Arbeidernes Spareskillinger og dermed var hun reist; saaledes hang det sammen; den Historie var ikke længer. —

De mørke Timer afløstes af de lysegraa, lysere og lysere. Vinden reiste sig udpaa Morgenen og ruskede lidt i Halmen paa Gulvet.

Henne under Vinduet paa nogle Rester af Gretes Pilekvister og Rør laa Abraham Løvdahl og sov; han var gledet ned af Bænken. —

XV

Da Fallitterne endelig stansede, saa at man kunde overskue
Ulykken, kom der mere Ro i Sindene; de første hastige Domme
forandredes; det kolossale Omfang af Elendigheden, de store
Omvæltninger og Forandringer, som vare spaaede, — alt svandt ligesom
ind Dag for Dag, og Livet tog omtrent sine gamle Former, men i graaere
Farver.

Hadet og Tilgivelsen samlede sig paa visse Brændpunkter. Om Professor
Løvdahl var der ikke stort ondt at sige; den stakkels Mands Haar var
blevet ganske som Sne i et Par Uger.

Det var nok helst Sønnen, som var Ophavsmand til det hele; en
Fritænker var han og holdt sig med Kruse, for at snyde arme Arbeidsfolk;
de havde da ogsaa faaet Kjærligheden at føle; og det var bevist — hed det,
at Abraham Løvdahl havde trængt sig ind i Arbeiderforeningen, bare for
at faa Fingre i de Penge.

Det hed sig snart, at han skulde paa Tugthuset — baade han og
Marcussen; det var netop et passeligt Par; men Løvdahl var værst, som var
gift. Og endda var Pigen blind, og nu var hun sendt af Byen,
hunm a a t t e sendes bort, — formodentlig med en god Klat af de
stjaalne Penge.

Imidlertid fortaltes der snart, at Bankchef Christensen skulde have sagt,
at der var — Gud ske Lov — ikke Tale om Strafansvar for nogen af
Fallenterne; og vare hans Ord vægtige før, saa var de aldeles knusende nu
og modtoges af alle med Andagt.

Bankchefens store Skikkelse med denne usvigelige Næse var nu det
eneste haabefulde Syn i Byen; og naar han gik sin Elefantgang fra sit
Kontor op til sin kjære Bank, saa de forskræmte Smaafolk op til ham som
til Kobberslangen i Ørkenen.

Han var paafærde overalt i Spidsen, han ordnede og arrangerede og
læmpede og dæmpede, saa der midt i de fortvivlede Ruiner begyndte at
spire Haab baade for den ene og den anden.

Arbeiderne takkede ham med Taarer, fordi de fik Lov til at arbeide paa
hans Skibsværft for en Krone og firti Øre pr. Dag; Folk i Nød for
Kontanter kom til ham, for at sælge Værdier af alle Arter; for alle havde
han Hjælp, og der sagdes, at han i dette Aar næsten fordoblede sin
Formue.

I Familien Kruse var Forandringen størst hos de Gamle. Præsten og
Fruen trak sig ind i sig selv, holdt sin Dør stængt og nævnte aldrig med et
Ord, at de havde tabt Penge.

Paa Fru Fredrikke gjorde Ulykken det Indtryk, at nu maatte der knibes med dobbelt Kneb; det store Tab kunde hun ikke ret fatte; hun kunde nok gjentage de store Tal og gyse ved dem; men det gik hende dog langt pinligere til Hjerte, om hun kom underveir med at Høkeren havde snydt hende for femten Øre.

Morten derimod havde faaet et Knæk for Livet; hans Beregninger, hans kjære Beregninger havde ødelagt alt, hvad han havde og alt, hvad han havde beregnet i Arv efter gamle Jørgen.

Han blev ved at regne og regne, indtil han blev saa bitter i Sind, at hans Prædikener, der før vare lidet paaagtede, fik Ord for at være vækkende i denne Tid.

Men i de Gamles Hus forandredes alt, der var lukket, slukket og tomt.

Saasnart Madame Kruse var kommet sig af sin uhyre og uforstilte Forbauselse, befalede hun sin Søn Peder, at han aldrig med et Ord maatte nævne den Skyld, Morten havde i dette; hun haabede, at for hendes yngste Søn maatte denne Ulykke blive til Velsignelse og Redning.

Men dernæst gik hun ivei; og to Dage efter Jørgen Kruses Konkurs var baade han og Konen flyttet op i det ene af de tre Værelser hos deres Søn Sagføreren ovenpaa hos Fru Gottwald.

Gamle Jørgen selv var bleven halvtullet, da han forstod det; ja han forstod det vist egentlig aldrig. Thi hans Hjerne, som altid havde havt skrøbelige Punkter, taalte ikke det uhyre Slag: et helt Livs Arbeide spildt. Naar Amalie Cathrine gav ham en gammel Kassebog at summere op, sad han med det hele Dagen, indtil de kaldte ham til Maaltiderne; kun en enkelt Gang spurgte han hemmelighedsfuldt, om det var Morten, som stod i Kramboden nu?

Madame Kruse derimod rettede sin lille Skikkelse og blev formeligt munter.

Hun og Peder satte saadan Fart i den tykke Sagfører Kahrs, som var Boets Bestyrer, at alt blev solgt og realiseret i kort Tid. Og da det viste sig, at Kreditorerne paa det nærmeste fik fuld Dækning, saa havde Madame Kruse ikke et Suk for alle de Skillinger, hun saa trolig havde hjulpet at slæbe sammen.

Livet havde nu ligefrem givet hende en Skræk for Penge. Nu skulde hun just være lykkelig; og det haabede hun, ogsaa andre skulde blive.

Mest syntes hun Synd i Peder; for han tog det saa tungt — dette med Arbeidernes Penge; og Peder havde dog ingen Skyld, det var denne Løvdahl, som havde gjort det.

Men det vilde Peder ikke høre noget om; han gik bestandig og grublede og bebreidede sig, at han ikke havde passet de Sager selv. Det hjalp ikke, hvad Moderen sagde, ikke engang, at Arbeiderne forsikrede ham om, at de ikke havde den ringeste Bebreidelse mod ham og indstændigt bad ham forblive Formand.

Peder kunde ikke glemme disse Penge, han med saamegen Glæde havde seet øge. De skulde realisere hans store Drøm: Arbeiderne forsamlede i eget Hus, forbundne og stærke. Nu var alt spildt og adspredt — værre end før; Mistillid, Feighed og al den gamle Elendighed; der maatte igjen begyndes helt forfra.

Han maa opmuntres — tænkte Madame Kruse og kastede sig strax over Fru Gottwald; hun havde naturligvis forlængst udluret Hemmeligheden af Peder.

Fru Gottwald værgede sig længe i Spøg mod at forstaa; men tilslut blev hun alvorlig:

„Hør Fru Kruse! vi skal ikke oftere tale om dette — ikke i Spøg engang. Selv om der ikke var hundrede andre Ting iveien for det, De hentyder til, saa maatte det være fuldstændigt nok — og mer end nok, om De kjendte min Ungdoms Historie.“

„Den kjender jeg — Fru Gottwald.“

„Jeg er ikke Frue —“ svarede den anden og bøiede sig over sit Arbeide.

„Det ved jeg ogsaa; men De har havt et Barn.“

„Ak ja! — en liden sød ulykkelig Gut.“

„Hør nu mig — Fru Gottwald! — den Mand, jeg vil, De skal holde af, han var ogsaa saadan en liden ulykkelig Gut.“

„Jeg forstaar Dem ikke; eller De forstaar ikke mig.“

„Hans Moder var heller ikke gift, da han kom til Verden; der er faldt Taarer paa hans lille Hoved — saadanne Taarer, som De kjender. Ja — De ser paa mig! — her sidder hun for Dem — hans Moder. Vi to — Fru Gottwald! — vi er lige.“

„Min Gud! — det har jeg aldrig vidst!“

„Nei ser De! m i g glemte man det, fordi jeg var heldig og blev gift; men Skammen blev siddende paa Dem for Livet. Og derfor har nu jeg tænkt som saa, at Skammen kan igrunden ikke være saa stor for nogen af os; jeg tænker, vi har skammet os altfor meget beggeto — helst De. Ja — De ser paa mig! men det er mit Alvor; og derfor har jeg forvundet min Skam og Peder ogsaa.“

„Ved han det?“

„Ja det er jeg vis paa; men endnu vissere er jeg paa, at aldrig i den inderste Krog af sit Hjerte har han derfor en Skygge af noget, som kunde ligne Ringeagt for sin Moder. Og det vilde heller ikke Deres Søn havt, om han havde faaet leve; hvad var det, han hed?“

124

„Han hed Marius — lille Marius."

„Nuvel Fru Gottwald! — Deres lille Marius og min lille Peder — de var etslags Brødre. De har mistet Deres Søn, tag min istedet; vi vil eie ham sammen — vi to."

Fru Gottwald baade græd og lo; det kom saa uforberedt; men den Gamle tvang hende dog til at følge ovenpaa til The. I Trappen blev Fru Gottwald alligevel betænkelig og vilde vende om; men saa kom der netop til al Lykke en Herre nedenfra; og da dette viste sig at være Peder, ansaa Fru Kruse det som et Fingerpeg og slog sig tilro med, at nu vilde „de Unge" nok finde hinanden.

Hendes Bekymringer for den anden Søn vare af en anden Art, og hun havde mindre Haab der. Imorgen vilde hun prøve ham. Han vilde prædike over hendes Text: Ei Guld, ei Sølv, ei Kobber skulle I have i Eders Bælter; — Fredrikke havde fortalt det; Morten ansaa det som sin Pligt netop i denne Tid at gaa strengt irette med Mammonsdyrkerne.

Madame Kruse vilde ikke bryde sig saameget om Ordene; saa veltalende som Provsten Sparre var jo Morten sletikke. Men han var hendes Søn; hun kjendte hver Lyd i ham; hun skulde nok lytte det ud, om han havde faaet den rette Aand. —

— Det var den 22de Søndag efter Trefoldighed, i Overgangen til fuld Vinter. Veiret var surt og gjennemtrængende koldt uden Frostens Friskhed; Folk strømmede stille til Kirken og skyndte sig i Ly for den pibende Sydvest.

Der var mange Mennesker; de store Ulykker havde drevet Folk til Kirken, som ellers ikke kom der. Kvinderne vare i mørke, angerfulde Farver, ikke et broget Baand at se.

Mændene sad dystre og tumlede med sine Bekymringer: om det værste var overstaaet, eller om det bare var Begyndelsen til værre.

Der kom Konsul With, som efter sin Fallit var bleven Bankdirektør under Christensen; han fulgte sit Strygebræt galant til hendes Plads, og var omhyggelig for, at hun fik Kaaben godt om sig.

Det havde man aldrig seet før; maaske havde Ulykken ført dette Ægtepar sammen.

Der kom Madame Kruse alene — rask og rørig, somom ingenting var hændt. Hun havde vist stukket adskilligt tilside — den gamle Ravn, siden hun saa saa ubekymret ud.

Men der kom Løvdahls; alle Hoveder vendte sig; alle Øine fulgte dem. Fru Clara gik bleg med bøiet Hoved — — skjøn og hengiven som en Martyr. Den mørke Kjole, den beskedne Hat havde en ufrivillig Elegance, som næsten var rørende.

Med Hatten i Haanden, det hvide Hoved lidt til Siden og et Smil, der bad alle om Forladelse — saaledes gik Carsten Løvdahl ved hendes Side.

Fru Clara holdt ham indunder den venstre Arm; men med den høire Haand støttede han sig til Betlerstaven, — alle kunde se den, den var af brunt Rør med Elfenbenshaandtag.

Kvinderne taxerede Clara. Javist var hun tarveligere, meget tarveligere end før; alligevel var der, naar man saa nøie efter, noget, som irriterede, ved hende; rigtig knækket var hun slet ikke!

Men Professoren var sød; tænk, næsten ganske hvid i Haaret! og saaledes som han tog det! — ydmygt — gudhengivent — opbyggeligt for den ganske Menighed.

Mændene anstillede helst Betragtninger over den Akkord paa 50 Procent, som der sagdes, Christensen vilde skaffe Løvdahl; paa de mange skammelige Transaktioner, som sagdes opdagede af Boets Bestyrere. Det var igrunden for galt; hver enkelt fandt, at det var altfor galt, naar sligt kunde gaa upaatalt hen; øvrigheden — ligefra Amtmanden og nedover vidste s'gu god Besked, men hvilken enkelt Mand havde Mod og Magt til at tvinge denne øvrighed til at se, hvad den paa ingen Maade v i l d e se?

De Faa, som endnu stod, var selv af Ringen; og Skifteretten, Sagførerne, Bestyrerne og de levende Pengemænd sluttede Kjæden fastere end nogensinde; og skjønt alle Mennesker paa Tomandshaand og i Fortrolighed vare enige om, at det var aldeles uforsvarligt saaledes som det gik, saa var det dog ikke muligt at opdage andet, end at alt blev drevet med den mest samvittighedsfulde Iagttagelse af Lovens Forskrift.

Saadanne Tanker fulgte Clara og Professoren opover Kirkegulvet; og saa ivrigt fulgte Øinene med, at det var først bagefter, Menigheden blev opmærksom paa, at der var En bagefter.

Det var Abraham.

— Der gives Sorger — især saadanne, som der er Skam i, der synes ganske umulige at fortsætte Livet med. Udover Eftermiddagen og Natten kjendes det, somom du m a a dø, før Lyset kommer igjen.

Og naar Morgenen kommer, kjender du, at der alligevel er Liv i dig; du maa tage Klærene paa, børste dit Haar; og du maa spise.

Om Aftenen siger du: hvorledes er det dog muligt, at jeg har levet en hel Dag med dette paa mig?

Næste Dag barberer du dig; otte Dage efter kommer du til at sige en Vittighed og ler selv af den.

— Saaledes havde Abraham levet nogle Uger. Dagen og Natten havde rullet ham mellem sig frem og tilbage. Intet var blevet tungere, intet lettere; men alt rundede sig under Timernes Slid.

Paa en vis Maade havde han aldrig havt det saa godt i sit Hjem; de behandlede ham som en kjær Syg. Faderen var saa mild — næsten ærbødig; og Clara overøste ham med al den Ømhed, han havde drømt, før de blev gift og aldrig fundet før.

De frygtede ham begge. Et Ord — et Udbrud af hans overdrevne Principer kunde kuldkaste alt, hvad de havde bygget og reddet.

Men de behøvede i Virkeligheden ikke længer at være bange for ham; han var færdig.

Og da Clara hin Søndagmorgen halvt ængstelig hviskede ham i Øret: „Du ved ikke, hvilken Glæde du vilde gjøre Far, om du fulgte med os i Kirken."

— saa svarede han ganske rolig:

„Ja det kan jeg gjerne gjøre."

Alligevel krøb det i ham, da han gik ind under Buen, og den store gamle Kirke laa for ham i dystre, graa Høstfarver. Minder vilde op, Øine vilde frem. Men han undgik dem næsten uden Kamp; det bed ikke længer paa ham.

Og mens han gik bagefter sin Fader og sin Kone, spyttede han sig selv i Ansigtet og raabte indvendig til sig selv:

„Se ydmyg ud — se ydmyg ud! din Hund, der du gaar!"

Hvor han saa skummel og fæl ud! ikke en var der, som havde Tiltro til ham. Kvinder og Mænd fulgte ham med onde Øine — han, som havde bedraget de fattige Arbeidere for deres stakkels Skillinger. —

— Men der kom Christensen — Bankchefen og Fruen i ny, svær Silkekaabe fra Hamburg! — Herregud! — det gjorde formeligt godt at se Folk, som endnu havde Raad til Silke!

Fru Christensen smilte bevæget; Sølvtøiet var paa sin Plads og den dumme Inskription udslebet.

Bankchefens Mine var den: tilbed mig ikke!

Men han kunde ikke forhindre det; han var deres Haab og Tilflugt; ikke en havde Mod til at mindes hans sidste besynderlige Optræden i Fortunas Generalforsamling.

Saa begyndte Morten Kruse sin Prædiken om de ti Tusinde Talenter; om den stygge Magt, Pengene har blandt os, om Mammon og Lillierne paa Marken, og som Grundmotiv vendte det tilbage — dette Ord: ei Guld, ei Sølv, — ei Kobber skulle I have i Eders Bælter.

Da reiste der sig midt under Prækenen en liden Skikkelse paa Kvindesiden.

Det var Madame Kruse, — ja — saa ved Gud! — det var Madame Kruse!

Hun holdt ikke Lommetørklædet for Munden! hun blødte ikke
Næseblod; hun skulde ikke kaste op, for hun var ikke det mindste bleg.
Tvertimod saa hun frisk og kraftig ud, som hun banede sig Vei mellem
Damerne, som glemte at give Plads af Forfærdelse.

Da Madame Kruse endelig naaede ud i Midtergangen, rettede hun roligt
paa sin Kaabe og gik derpaa nedover med sine smaa sikre
Gammelkoneskridt, — nedover den lange Midtgang og ud af Kirken.

Also available from JiaHu Books:

Sne – Alexander Kielland
Garman & Worse – Alexander Kielland
Else - Alexander Kielland
Novelletter – Alexander Kielland
Nye Novelletter - Alexander Kielland
Brand - Henrik Ibsen
Et Dukkhjem – Henrik Ibsen
(Norwegian/English Bilingual text also available)
Peer Gynt – Henrik Ibsen
Hærmændene på Helgeland – Henrik Ibsen
Fru Inger til Østråt -Henrik Ibsen
Gengangere – Henrik Ibsen
Catilina – Henrik Ibsen
De unges Forbund – Henrik Ibsen
Gildet på Solhaug - Henrik Ibsen
Kærligdehens Komedie - Henrik Ibsen
Synnøve Solbakken - Bjørnstjerne Bjørnson
Nils Holgerssons underbara resa genom Sverige - Selma Lagerlöf
Gösta Berlings Saga - Selma Lagerlöf
Den siste atenaren – Viktor Rydberg
Singoalla – Viktor Rydberg
Det går an - Carl Jonas Love Almqvist
Drottningens Juvelsmycke - Carl Jonas Love Almqvist
Röda rummet – August Strindberg
Fröken Julie/Fadren/Ett dromspel - August Strindberg
Egils Saga (Old Norse and Icelandic)
Brennu-Njáls saga (Icelandic)
Laxdæla Saga (Icelandic)
The Little Mermaid and Other Stories (Danish/English Texts) - Hans-Christian Andersen
Die vlakte en andere gedigte (Afrikaans) - Jan F.E. Celliers